W0214573

Du même auteur

Le Cavalier grec, Belfond, prix du roman policier/Galeries Lafayette 1988
Carson, Lattès
Le Mystère des mots croisés, Je Bouquine, repris en Bayard Poche
Champion, Je Bouquine, repris en Bayard Poche
Les Intouchables, Fleuve Noir, repris en Pocket
Les Deux Amis, Fleuve Noir, repris en Pocket
Les Voitures vides, Fleuve Noir, repris en Pocket

LES PETITES FILLES
ET
LES PETITS GARÇONS

DANS LA MÊME COLLECTION

Emmuré vivant	Natalia Alexandrova
Double effraction	Natalia Alexandrova
Le Tribut de l'or noir	Jack Du Brul
La Menace de l'Axe	Joe Buff
Au cœur du mal	Chelsea Cain
L'Odeur de la nuit	Andrea Camilleri
La Peur de Montalbano	Andrea Camilleri
La Tour de la bouée	Andrea Camilleri
La Première Enquête de Montalbano	Andrea Camilleri
La Patience de l'araignée	Andrea Camilleri
La Lune de papier	Andrea Camilleri
Pas droit à l'erreur	Lee Child
Folie furieuse	Lee Child
Liste mortelle	Lee Child
Le Carnet secret de Michel-Ange	Paul Christopher
Balle de match	Harlan Coben
Du sang sur le green	Harlan Coben
Temps mort	Harlan Coben
Mauvaise Base	Harlan Coben
Sourire en coin	Nicci French
Les Morsures du doute	Nicci French
Aide-moi	Nicci French
Charlie n'est pas rentrée	Nicci French
Les Morsures de l'ombre	Karine Giébel
Chiens de sang	Karine Giébel
Ne te retourne pas	James W. Nichol
L'Ange de la vérité	Mark Nykanen
Bone Parade	Mark Nykanen
Verdict assassin	Carol O'Connell
Coupe-gorge	Carol O'Connell
Retrouve-moi	Carol O'Connell
L'Ordre du Dragon	James Rollins
Le Magicien	Jean-Marc Souvira

DIDIER SÉNÉCAL

LES PETITES FILLES
ET
LES PETITS GARÇONS

UNE ENQUÊTE
DU COMMISSAIRE LEDIACRE

Fleuve Noir

Le Code de la propriété intellectuelle n'autorisant, aux termes de l'article L. 122-5, 2° et 3° a, d'une part, que les « copies ou reproductions strictement réservées à l'usage privé du copiste et non destinées à une utilisation collective » et, d'autre part, que les analyses et les courtes citations dans un but d'exemple ou d'illustration, « toute représentation ou reproduction intégrale ou partielle faite sans le consentement de l'auteur ou de ses ayants droit ou ayants cause est illicite » (art. L. 122-4).
Cette représentation ou reproduction, par quelque procédé que ce soit, constituerait donc une contrefaçon sanctionnée par les articles L. 335-2 et suivants du Code de la propriété intellectuelle.

© 2009, Éditions Fleuve Noir, département d'Univers Poche.

ISBN 978-2-265-08835-1

« Il n'aime pas les apôtres, les dames d'œuvres, tous ceux qui gravitent autour des institutions charitables. Il les soupçonne de s'admirer eux-mêmes et de se croire meilleurs que les autres. »

Georges Simenon

1

Dans n'importe quel service de police à peu près normal, une enquête commence par une réunion dans un bureau. On s'assied autour d'une grande table, généralement en mélaminé blanc ou en plaqué bouleau, et un commissaire sain d'esprit expose à ses troupes attentives les données du problème, avant de leur répartir le travail. En français moderne, le chef briefe, puis dispatche. Cela se passait toujours ainsi du temps où je travaillais à l'Office des stups, à Nanterre. Les choses étaient claires, nettes et raisonnables.

Avec le divisionnaire Lediacre, rien de tel. Chez lui, tout n'est que calcul tortueux, arrière-pensée sournoise, contournement de l'obstacle, progression en crabe, dérapage contrôlé. Pourquoi faire simple quand on peut faire compliqué ? disent ses détracteurs. Ce à quoi il leur répondrait, s'il avait du temps à leur consacrer, que les enquêtes qui constituent sa spécialité se distinguent précisément par leur complexité.

Toujours est-il que l'affaire Pierre-Guillaume Heuzé a commencé par une soirée télé.

Un jour, en fin d'après-midi, alors que je m'apprêtais à quitter nos locaux de la rue du Docteur-Verdier, Lediacre m'a rappelée dans le couloir.

— Hélène ! Seriez-vous libre jeudi soir ? Ma femme et moi serions très heureux si vous veniez manger à la maison.

— D'accord, avec plaisir.

— 8 heures pile, s'il vous plaît.

Et il m'a fait un grand sourire, avant de me tourner le dos pour mettre un terme à la conversation.

Le jeudi suivant, je me suis présentée à l'heure dite. La femme de Lediacre, Babette, est chirurgienne et passe ses journées à reconstituer des mains : elle recoud les phalanges des maladroits qui auraient drôlement intérêt à renoncer aux tronçonneuses, aux tondeuses à gazon et aux instruments de bricolage en général. Comme elle est débordée avec tous ces moignons, elle a tout juste eu le temps d'enfourner dans le micro-ondes deux sachets surgelés de « dorades du grand large aux tomates confites », pendant que Lediacre ensauçait une salade préépluchée.

— Je me demande pourquoi tu invites Hélène un jeudi, alors que tu sais très bien que je rentre tard. Demain, par exemple, j'aurais eu le temps de préparer quelque chose d'un peu plus élaboré. Et je n'arrive pas non plus à comprendre pourquoi tu tiens absolument à manger à 8 heures tapantes.

Lediacre, bien entendu, n'a pas répondu. Il a pour principe intangible de ne jamais répondre aux questions qu'on lui pose. Mais depuis trente-cinq ans qu'elle le connaît (ils se sont rencontrés sur les bancs du lycée), Babette a eu le temps de s'habituer à ses silences. De toute façon, c'est une telle pipelette qu'elle fait toute seule les questions et les réponses.

Leur fils de dix-neuf ans, Matthieu, est lui aussi bavard comme une pie et très rigolo, bien que matheux (il est en classe préparatoire dans un lycée parisien). Il a commencé à raconter une histoire tordante pendant que sa mère nous servait la salade et que les dorades finissaient de décongeler dans la cuisine. Puis le dîner s'est poursuivi sur le même ton. Matthieu et sa mère blaguaient sans arrêt, se coupaient la parole, éclataient de rire pour un rien, mais comme ils étaient bien élevés, ils s'interrompaient de temps en temps pour me laisser en placer une. Quant à Lediacre, il se montrait tel qu'en lui-même : bienveillant, débonnaire, bon père, bon époux. Et totalement muet.

C'est une des choses qui m'étonnent le plus chez lui : il se comporte de la même façon au travail ou en famille, en présence d'un malfrat ou d'un ministre, avec des proches ou avec de parfaits inconnus. Calme, distant, courtois. C'est d'ailleurs cette courtoisie qui l'avait conduit à insister pour que la soirée débute à 8 heures précises : il voulait nous laisser le temps de dîner tranquillement, de pratiquer un semblant de mondanités. Car le vrai rendez-vous était fixé à 8 h 55.

Nous venions tout juste d'achever un vacherin vanille-framboise acheté dans la même chaîne de surgelés que les dorades, lorsqu'il a regardé sa montre et s'est levé.

Les Lediacre habitent un de ces immeubles construits dans les premières années du XXe siècle, et qui sont tous bâtis sur le même modèle : hauts plafonds, cheminées de marbre, miroirs à cadre dorés, poêle en faïence Belle Époque avec chauffe-plat aujourd'hui inutile, balcons en fer forgé, portes vitrées séparant l'entrée du double séjour. Il a donc traversé la partie salle à manger pour entrer dans la partie salon et ouvrir une grande armoire en bois clair. Les Lediacre appartiennent à cette catégorie de gens délicats qui planquent leur télé dans un meuble, un peu comme on referme derrière soi la porte des toilettes.

— Euh, Denis... a dit Babette au moment où il saisissait la télécommande. Ôte-moi d'un doute. Tu n'as quand même pas l'intention de mettre la télé un soir où Hélène vient dîner à la maison?

Matthieu, pris d'un fou rire brutal, s'est renversé en arrière sur sa chaise. Lediacre n'était vraiment pas le type banal. Il arrivait encore à indigner sa femme qui le subissait depuis trente-cinq ans et à faire marrer son fils.

Il s'est tourné vers moi, l'air penaud :

— Voyez-vous, Hélène, j'aimerais beaucoup que nous regardions ensemble « Le cœur sur la main ».

J'en suis restée bouche bée. Vous connaissez sans doute cette émission qui passe une fois par an et qui rajeunit un vieux « concept », comme on dit dans les médias : des vedettes du show-biz font ce qu'elles ne savent pas faire. Une actrice de cinéma, par exemple, interprète une chanson d'Édith Piaf. Un présentateur météo jongle avec des quilles. Un comique présente des chiens savants. Un chanteur joue les funambules sur une corde raide. Entre chaque numéro, on suit la progression des promesses de dons que les téléspectateurs effectuent par téléphone, par SMS ou par mail. Car le but du « Cœur sur la main » est de réunir des fonds pour un groupe d'associations caritatives qui interviennent dans le tiers-monde.

— Eh bien... si vous y tenez vraiment, patron.

— Vous n'appréciez pas le charity business, Hélène?

— C'est-à-dire que je devine à quoi ça ressemble. C'est le genre d'émission que ma mère regarde à Petite-Synthe. Et je ne suis pas sûre que vous, vous appréciiez cette guimauve.

— Oh que si ! Je suis un grand amateur de guimauve.

Et il a allumé l'écran plat à l'intérieur de l'armoire.

Matthieu et sa mère ont continué à protester pour la forme, mais ils avaient compris que Lediacre avait une idée derrière la tête. Nous nous sommes donc installés sur le canapé et sur les fauteuils du salon pendant que Babette allait faire infuser du tilleul dans la cuisine.

« Le cœur sur la main » correspondait trait pour trait à ce que je craignais. Inutile d'entrer dans les détails : vous aussi, vous avez la télé. Un présentateur gominé bondissait sur un plateau fluorescent et alignait des lieux communs entre des numéros de music-hall et de brefs reportages sur les favelas d'Amérique latine, les famines en Afrique et les dépôts d'ordures d'Égypte ou de Madagascar. Au-dessus, un gigantesque panneau affichait le total des sommes déjà promises.

Tout le monde s'embrassait, se congratulait, et je suis bien obligée de dire que les représentants des ONG ne déparaient pas le lot. À tour de rôle, des responsables d'associations venaient remercier les téléspectateurs et leur décrire ce qu'ils allaient faire avec leur argent : créer des dispensaires ou des écoles, creuser des puits, planter des arbres, acheter des prothèses pour les malheureux qui sautent sur des mines. J'étais gênée par le mélange des genres, d'autant plus que les humanitaires ressemblaient un peu trop aux gens du show-biz. L'une des ONG s'était même fait représenter par une fille beaucoup trop jeune et beaucoup trop jolie. Elle avait une tête à tourner une pub pour un shampooing nutri-revivifiant aux senteurs des îles, pas à venir évoquer la malnutrition.

Matthieu était complètement déchaîné, peut-être parce qu'à son public habituel, à savoir ses parents, était venue s'ajouter ma modeste personne. Ses commentaires étaient complètement délirants, et il imitait à merveille les demistars ou les quarts de stars qui venaient se faire de la pub gratuite sous prétexte de montrer à quel point elles avaient le cœur sur la main.

L'émission était tellement accablante que Lediacre a vite baissé le son. Il riait aux plaisanteries de son fils, tandis que Babette tentait de le modérer et de lui expliquer que, malgré ce spectacle pitoyable, c'était un bon moyen de financement pour les humanitaires.

Cela a duré près d'une heure. Le son était en sourdine, et nous ne regardions plus l'écran que du coin de l'œil. Un peu lassée par les facéties répétitives de Matthieu, j'avais commencé à bavarder en aparté avec Babette. Du coup, perdant son public, le grand gamin s'était calmé.

Seul Lediacre, comme d'habitude, était resté sur le pied de guerre. J'ai sursauté quand soudain il a remis le son.

— Mesdames et messieurs, a hurlé le présentateur, depuis plus de vingt ans, il court le vaste monde pour soulager la souffrance. Depuis plus de vingt ans, il arpente les pays ravagés par la haine, par la guerre et par l'avidité des rapaces qui dirigent l'univers. Depuis plus de vingt ans, il offre une parcelle d'espoir, une graine d'espérance, un rayon de soleil aux mômes à la dérive. Ces mômes qui ont donné leur nom à l'une des plus formidables ONG de la planète. Je vous demande d'applaudir le président de MÔMES. Mesdames et messieurs, je vous demande de faire une *standing ovation* à notre ami PGH ! *Ladies and gentlemen*, dites *Welcome* à Pierre-Guillaume Heuzé !

Un jingle a retenti, le public docile a applaudi au commandement, et une silhouette est apparue en haut des marches turquoise qui permettaient aux invités de descendre jusqu'au plateau mandarine et émeraude où les attendait le présentateur. Un écran géant divisé en une douzaine de rectangles présentait autant de visages d'enfants qui souriaient de toutes leurs dents : un petit Arabe, une petite Indienne en sari, un petit Asiatique, une petite black coiffée rasta, un petit Sud-Américain, et ainsi de suite.

Je connaissais vaguement Pierre-Guillaume Heuzé. J'avais dû le voir plusieurs fois au journal télévisé et lire deux ou trois articles de presse à son sujet. Mais c'était la première fois que je lui prêtais attention. À côté de moi, sur le canapé, Babette et son fils s'étaient tus : eux aussi le regardaient fixement.

Il était de taille moyenne et d'une sveltesse presque juvénile. On lui aurait donné quarante-cinq ans, mais en tant que flic, j'avais trop l'habitude des signalements pour ne pas me douter qu'il devait en avoir dix de plus. Ses grandes mèches châtain clair étaient parsemées de cheveux gris, et de petites rides sillonnaient son front et les ailes de son nez. En même temps, il avait beaucoup de classe. Son pantalon de toile beige, son ceinturon en cuir naturel et sa chemise d'un rouge passé juraient avec les tenues voyantes des artistes réunis autour du présentateur – lequel arborait une chemise en soie noire moirée et un costume pêche qui scintillait à vous en faire mal aux yeux.

Heuzé tranchait sur tous ces guignols. Il avait une allure à faire le tour du monde à la voile, à conduire une Land Rover au Kenya, à parler couramment le quetchua ou le mongol. On imaginait son passeport bourré de visas. Même si c'est un peu ridicule de dire ça, il apportait un peu de grand air dans l'atmosphère frelatée de ce plateau.

Il a dit quelques mots sur la prostitution des fillettes en Asie du Sud-Est, sur les enfants-soldats, sur les orphelinats tropicaux, et sur l'action de MÔMES, l'association qu'il présidait depuis de longues années. La guimauve n'était pas son fort : aux questions larmoyantes du présentateur, il répondait par des faits et des chiffres. Vous aviez le sentiment qu'avec lui, votre argent servirait vraiment à quelque chose.

L'écran géant a montré un reportage très court, pas plus d'une minute, sur un hôpital pour enfants géré par MÔMES au Vietnam. Puis Pierre-Guillaume Heuzé a dû s'asseoir sur un tabouret entre une chanteuse au décolleté terrifiant et un acteur de dramatiques télé pour assister au numéro suivant.

Lediacre a coupé le son :

— Alors, Hélène ? Votre impression ?

— Euh... Plutôt favorable, patron. J'aime beaucoup sa chemise.

— Effectivement. Une jolie toile de coton. Et un rouge que nous qualifierons de délavé...

Matthieu a coupé la parole à son père :

— PGH porte toujours des chemises rouges.

— Toujours ? a dit Lediacre. Comment le sais-tu ?

— Tout le monde le sait. À part la police, qui n'est jamais au courant de rien !

Et il a éclaté de rire.

— Voyons, papa ! La chemise rouge de PGH, c'est comme le béret de l'abbé Pierre, le sac de riz de Bernard Kouchner ou la chemise blanche à col de zouave de BHL. Ces gars-là, il leur faut un truc pour se distinguer des autres. Il faut que le téléspectateur moyen les reconnaisse tout de suite.

— En dehors de cette pièce de vêtement toute garibaldienne, as-tu d'autres informations à me fournir ? a ironisé Lediacre.

— Son vrai nom, c'est Pierre Heuzé. Banal, hein ? Des Pierre Heuzé, il doit y en avoir des wagons. Alors il a rajouté son deuxième prénom de baptême, Guillaume. Pierre-Guillaume Heuzé, là, ça en jette. Et les initiales sonnent super-bien. PH, c'est nul à chier. Alors que PGH, c'est comme VGE, DSK, PPDA ou MAM. Un prénom en rab et une chemise rouge, ça suffit pour te stariser.

Lediacre a hoché la tête, l'air pensif, comme si son fils venait de lui faire une révélation considérable. Puis il m'a regardée :

— Vous étiez au courant de tout ça?

— Non, patron. Pour être franche, j'ai un peu de mal à saisir l'importance de ces détails.

Il s'est alors adressé à sa femme :

— Et toi, Babette?

— Pour la chemise, non. Mais j'ai déjà entendu parler de lui. J'ai des collègues qui l'ont croisé. Je connais très bien un chirurgien de l'hôpital Georges-Pompidou qui a travaillé pour lui autrefois. Dans une des anciennes républiques musulmanes de l'Union soviétique, l'Ouzbékistan ou le Kirghizistan, je ne me souviens plus exactement.

— Hum hum... Et alors?

— Il a une réputation, disons... contrastée.

Le ton n'était plus du tout à la plaisanterie. Matthieu s'était tu, et il observait son père avec curiosité.

— En fait, a poursuivi Babette, les médecins qui ont travaillé pour lui en disent pis que pendre. C'est un vrai dictateur et un manipulateur qui aurait conduit des gens au suicide.

— Je note que tu emploies le conditionnel.

— Bien sûr, ce ne sont que des rumeurs. Des bruits qui courent. Tiens, il y a autre chose qui me revient en mémoire. Tu te rappelles X?

Elle a cité le nom d'un homme politique réputé pour son intégrité, ce qui ne court pas les rues dans sa profession.

— Eh bien, à l'époque où il était ministre de la Santé, il y a une dizaine d'années, peut-être un peu plus, on racontait que quand il croisait Heuzé dans un congrès ou dans une réunion quelconque, il se détournait ostensiblement pour ne pas avoir à lui serrer la main.

Lediacre a opiné du chef.

— Moi aussi, j'ai eu vent de cette anecdote.

— Tu as une raison de t'intéresser à lui ?

Cela m'a soulagée de voir qu'il se comportait avec sa femme de la même façon qu'avec moi : il a répondu à côté de la question :

— Dis-moi, Babette, pourrais-tu te renseigner discrètement et, le cas échéant, prendre des contacts. J'aimerais pouvoir discuter avec des médecins qui l'ont fréquenté.

— D'accord, je m'en occupe. Mais tu sais bien que le corps médical n'aime pas beaucoup s'épancher dans le giron de la police.

Lediacre lui a lancé un regard ironique.

— Bah ! Heuzé n'est pas médecin. Il n'y aura donc pas d'omerta corporatiste...

Son fils est alors revenu à la charge :

— Qu'est-ce que tu vas lui faire, à ce pauvre PGH ? Tu vas l'envoyer en tôle.

— Je ne peux pas en parler à un vulgaire civil, a dit Lediacre. Si un jour tu entres dans la police, je pourrai peut-être satisfaire ta curiosité.

— Moi, poulet ! Plutôt mourir !

Matthieu essayait d'avoir l'air narquois, mais on voyait bien qu'il aurait donné cher pour en savoir plus.

Sur l'écran plat, on apercevait l'homme à la chemise rouge assis sur son tabouret au milieu des gens du show-biz. Les promesses de dons atteignaient déjà un total assez coquet, et des visages d'enfants tropicaux se succédaient sans répit. Heuzé a applaudi comme les autres à la fin d'un numéro de claquettes.

Quand le présentateur au costume pêche est réapparu

en gros plan, Lediacre a éteint la télé. Et nous avons parlé d'autre chose.

À 11 heures, lorsque j'ai pris congé de Babette et de Matthieu, il leur a dit qu'il allait me raccompagner jusque chez moi.

Je devinais qu'il désirait me donner quelques renseignements complémentaires en tête à tête, entre flics. Mais cela aurait été trop simple de vider son sac en sortant de chez lui.

Nous avons donc parcouru dans un silence religieux les 600 mètres qui séparent son appartement de mon studio de la rue Lecourbe. Il a attendu d'être au pied de mon immeuble pour murmurer :

— Ce Heuzé est peut-être un client intéressant pour nous. Il y a beaucoup d'argent en jeu dans cette histoire.

— L'argent des petits gamins…

— Oui. Cela fait vingt ans qu'il se paie sur la bête, du moins si j'en crois les on-dit. Vous vous demandez sans doute pourquoi je m'intéresse soudain à lui. Tout simplement parce qu'un jeune commissaire de la sous-direction des Affaires économiques et financières a étudié son cas avec une certaine minutie. Or, sa hiérarchie lui a brusquement intimé l'ordre de laisser tomber les orphelins et de dédier son énergie novice à un tout autre sujet. D'où une bouffée d'amertume, frisant l'indignation.

— Et ce jeune commissaire a pris contact avec vous, j'imagine ?

— Hélène, on ne peut rien vous cacher.

2

Lediacre était un peu le bureau des pleurs, le mur des lamentations de la police parisienne. Beaucoup de gens savaient, ou croyaient savoir, que la place Beauvau l'autorisait parfois à employer des méthodes interdites au poulet de base. Dans les couloirs des offices centraux et autres grands services, et jusque dans les commissariats d'arrondissements, les gens bien informés murmuraient qu'il était chargé en quelque sorte des intouchables, des délinquants protégés par leur statut ou par leur célébrité, et que le pouvoir lui accordait tacitement le droit d'allumer son feu de bois avec le Code de procédure pénale (pour rester polie).

Alors, il ne se passait pas de mois sans qu'un gros ponte ou un humble flic ne débarque chez nous pour déverser dans le gilet de Lediacre des torrents de larmes, de fiel et de frustration. Et pour lui demander si, par hasard, il ne lui serait pas possible de l'aider à coincer un fils à papa, un avocat marron, un politicien véreux ou encore un mafieux couvert par l'immunité diplomatique.

Le commissaire Thibaut Landry n'était donc qu'un simple numéro dans une longue procession de fonctionnaires excédés de voir la Loi protéger des criminels contre la Justice.

Il est arrivé dans nos locaux de la rue du Docteur-Verdier un vendredi matin, une semaine après la soirée télé. Un grand brun, avec un grand menton et un grand nez, vêtu d'un costume gris mais sans cravate. En débouchant sur le palier du premier étage, il avait la même mine stupéfaite que tous les visiteurs qui viennent pour la première fois. Il avait du mal à comprendre pourquoi le service du divisionnaire Lediacre était exilé au fin fond du XVe arrondissement, au-dessus d'un atelier de réparations mécaniques dépendant de la Préfecture de Police. Il aurait été encore plus ébahi d'apprendre que ledit service se limitait en tout et pour tout à deux OPJ, Jean-Louis Pommérieux et moi-même.

Thibaut Landry était du genre sûr de lui, voire content de lui. Lediacre m'avait donné à lire la veille un résumé de son dossier administratif. Né à Bordeaux, âgé de vingt-neuf ans, Sciences-Po, admissible à l'ENA (mais banané à l'oral), sorti dans la botte à l'école de Saint-Cyr-au-Mont-d'Or, affecté à la sous-direction des Affaires économiques et financières. Le brillant sujet, quoi.

À peine remis de son étonnement, il a adressé un sourire de conquérant à Lediacre qui se portait à sa rencontre dans le couloir.

— Bonjour ! Je suis ravi de faire ta connaissance. Et je te remercie de bien vouloir me recevoir.

La règle, ou plutôt la coutume, veut que deux membres du même corps se tutoient. Ainsi, un jeune commissaire de vingt-neuf ans tutoie un divisionnaire de cinquante balais. Mais l'un comme l'autre, sauf exception, vouvoient les officiers, du jeune lieutenant frais émoulu de Cannes-Écluse jusqu'au commandant à la veille de la retraite. Et un officier de police comme moi tutoie ses pairs, mais vouvoie en dessus et en dessous, c'est-à-dire les commissaires et les gardiens de la paix.

La familiarité de Landry était donc justifiée, bien qu'il y ait dans sa voix une assurance un peu forcée. J'ai deviné que Lediacre allait pratiquer avec lui l'un de ses jeux favoris : le « ni tu ni vous », dérivé du « ni oui ni non ». Et je vous annonce par avance qu'il allait remporter la partie haut la main. Durant leur entretien de près d'une heure, il allait slalomer entre la deuxième personne du singulier et la deuxième personne du pluriel grâce à des formules désincarnées du style « Serait-il possible de préciser ce point ? » ou « Quelles leçons pouvons-nous en tirer ? »

— Installons-nous dans mon bureau, a-t-il dit à son visiteur, tout en me faisant signe d'aller chercher Jean-Louis.

Quand nous les avons rejoints dans la vaste pièce, très claire et très moderne, où il passait une bonne partie de ses journées, Lediacre nous a présentés :

— Voici mes deux collaborateurs, le capitaine Hélène Vermeulen et le commandant Pommérieux.

Thibaut Landry a grimacé en nous voyant prendre place en face de Lediacre.

— Euh... Est-ce vraiment nécessaire ? Je pensais pouvoir te parler en privé.

Sous-entendu : ne pourrions-nous pas discuter entre commissaires, hors de la présence de ces deux sous-fifres ?

— Entre autres qualités, a répliqué Lediacre avec cette fausse candeur si énervante pour ses interlocuteurs, mes adjoints sont muets comme des carpes. De toute façon, s'ils n'assistaient pas à cette réunion, je leur répéterais l'intégralité de nos échanges.

Sous-entendu : c'est à prendre ou à laisser.

Landry s'est écrasé. Il avait trop envie de vider son sac. Il s'est tourné vers Lediacre, en nous ignorant ostensiblement, et comme tous les gens qui ont l'esprit bien fait, il a commencé par le commencement.

— Il y a trois mois, nous avons reçu une lettre de dénonciation assez baroque.

On voyait qu'il avait raté l'ENA avant de passer le concours des commissaires : ce n'est pas courant d'entendre l'adjectif « baroque » dans la bouche d'un flic.

— Elle était signée d'un inspecteur des impôts nommé Jean-Pascal Zerbib. Je me suis bien évidemment renseigné sur lui, et ses supérieurs hiérarchiques m'ont expliqué que c'est un fonctionnaire extrêmement zélé, qui défend les intérêts du Trésor Public comme si c'était son portefeuille. Il redresse les restaurateurs, les patrons de bistrots, les dentistes, les architectes... Or, ce M. Zerbib s'est marié en février dernier. Avec une demoiselle Martin, sa concubine depuis plus de dix ans. Par ailleurs, notre inspecteur des impôts est depuis toujours un fan de *Bullitt*. J'imagine que tu connais ?

Lediacre l'a dévisagé avec un air ahuri qui m'a donné une furieuse envie de rire.

— Mal.

— Mais si, tu sais, un vieux film avec Steve McQueen. Il y a des poursuites incroyables dans les rues de San Francisco. Les voitures dévalent les pentes raides ou s'envolent carrément au sommet des collines.

Il se trouve que j'ai un faible pour Steve McQueen et que j'ai vu *Bullitt* au moins trois ou quatre fois à la télé, mais je n'ai pas jugé utile d'intervenir dans le débat.

Voyant que Lediacre demeurait léthargique, Landry a continué :

— En tout cas, Zerbib ne s'en est jamais remis et il est membre d'un fan club de Steve McQueen. Si, si, ça existe... Le voilà donc en voyage de noces en Californie. Il visite les endroits où son film-culte a été tourné. Après avoir passé une semaine dans un motel deux-étoiles, il s'offre une nuit de rêve dans le plus célèbre cinq-étoiles de San Francisco, le Fairmont. C'est l'équivalent du Ritz ou du Crillon. Ou du Carlton à Cannes, si tu préfères. En plus, le palace est situé sur Nob Hill, à l'endroit où se croisent toutes les lignes de *cable-cars*. Le nirvana de chez nirvana pour un fan de Steve McQueen. C'est l'apothéose de sa lune de miel, quoi ! Le soir, dîner aux chandelles dans le restaurant de l'hôtel, le Laurel Court. Argenterie, verres en cristal, langouste, grand vin de la Napa Valley. Et qui voit-il à la table d'à côté ?

— Pierre-Guillaume Heuzé, a dit Lediacre.

— Exactement ! En bonne compagnie, qui plus est. Il dînait avec un ami de son âge et deux poules qui devaient avoir entre vingt et vingt-cinq ans. Une blonde et une brune dont les formes généreuses se sont gravées à jamais dans la mémoire de Jean-Pascal Zerbib. Ça l'a choqué de voir PGH dans un cadre pareil, mais bon, il lui a d'abord accordé le bénéfice du doute. En bon agent du fisc, il a attendu la fin du repas. Alors il a vu PGH sortir sa carte de crédit : c'était l'humanitaire qui régalait. Quand je l'ai rencontré, Zerbib m'a montré l'addition de son propre dîner : dans les 500 dollars. Et autant pour la nuit dans des draps en soie. Ça donne une idée de la douloureuse réglée par PGH.

Lediacre a toussoté, avant de demander :

— Zerbib a-t-il relevé la couleur de la chemise que portait Heuzé ?

Landry a paru décontenancé par l'absurdité apparente de la question.

— Euh...

— Elle n'était pas rouge, par hasard ?

Il a ouvert le dossier qu'il avait posé devant lui et

feuilleté une liasse de documents, dont il a sorti une série de photos.

— Non, bleue. Zerbib n'a pas perdu le nord. Sous prétexte de photographier sa femme, comme c'est la coutume chez les jeunes mariés, il s'est débrouillé pour prendre la table voisine. Regarde, on reconnaît très bien PGH.

Lediacre a examiné le cliché, avant de se lever pour me le donner. On n'était pas dans la catégorie chiche-kebab, effectivement. Il y avait un étalage de luxe à tout casser entre les colonnes de marbre jaune du Laurel Court Restaurant. La toute nouvelle Mme Zerbib souriait au premier plan, les deux coudes sur la table et le menton posé sur ses mains jointes. Derrière, on distinguait nettement les quatre convives : une fille brune et un homme au crâne dégarni de dos, une blonde très jolie de face, et Pierre-Guillaume Heuzé de profil. Vêtu d'un polo bleu clair.

À mon tour, j'ai transmis la photo à Jean-Louis Pommérieux, qui a étudié les deux pétasses d'un œil lubrique.

— Pourquoi t'intéresses-tu à la couleur de sa chemise? a interrogé Landry.

Lediacre a répondu par une de ces phrases sibyllines dont il a le secret :

— Le rouge, c'est son uniforme de travail. Ce soir-là, il était en civil.

Landry a préféré ne pas insister.

— Zerbib, lui, c'est le contraire. Il a oublié qu'il était en vacances et il s'est remis au boulot. Le lendemain, aux aurores, il s'est posté dans le hall de l'hôtel. Il a attendu toute la matinée, pendant que sa femme roupillait dans leur suite *Honeymoon*, et vers midi il a pu prendre discrètement ces photos.

De nouveaux clichés sont passés de main en main. Le plus net montrait la même blonde, en minijupe noire, qui montait dans une gigantesque limousine sortie tout droit d'un dessin animé de Tex Avery, tandis qu'une grande fille brune s'apprêtait à la suivre. Un peu en retrait, à 2 mètres de la portière, se tenait un individu de taille moyenne, en costume de lin gris, avec de longues mèches châtains et un profil que nous commencions à bien connaître.

— Je peux t'assurer que Zerbib n'a pas chômé, a poursuivi Landry. Non seulement il s'est renseigné sur le prix de la location de ce genre de limousine, avec chauffeur bien évidemment, mais il a réussi à tirer les vers du nez d'une réceptionniste, et à apprendre que PGH séjournait dans le palace depuis plusieurs jours avec ses « fiancées ». Le tout grâce à son anglais de classe terminale.

— Les inspecteurs des impôts sont des êtres affolants, a dit Lediacre d'un ton sentencieux.

— De retour en France, Zerbib a fait chauffer les ordinateurs de Bercy. Et il n'a pas été déçu. Force est de constater que PGH est une vraie vedette là-bas. Une cote d'archives à lui tout seul! Entre les lettres de dénonciation anonymes, les plaintes de débiteurs ou d'anciens employés de ses associations et les signalements d'ECHO, l'office qui gère les fonds humanitaires de l'Union européenne à Bruxelles, il a une sacrée collection de casseroles au cul. Je ne parle même pas de la liquidation spectaculaire de sa première ONG, le Secours Humaniste Européen. Mais il y a quelque chose de très bizarre. C'est que tout ce pataquès date d'avant 1998. Ensuite, plus rien.

Lediacre s'est levé pour aller jeter un coup d'œil par la fenêtre. J'ai échangé un regard avec Jean-Louis : nous qui le connaissions comme notre poche, nous sentions qu'il était intéressé. Et qu'il avait déjà tiré quelques conclusions. Toujours aussi cabotin, il est resté silencieux pendant une bonne minute. Puis, de dos, il a murmuré :

— Phénomène on ne peut plus classique chez les voyous

intelligents. Arrivés à un certain âge, les dures leçons de la vie portent leurs fruits. Le braqueur se recycle dans la limonade… Le trafiquant de drogue se fait construire une villa à Essaouira… Le proxénète fonde une famille nourrie de valeurs traditionnelles.

— Mais PGH a continué, lui.

Lediacre est revenu s'asseoir à son bureau.

— Avec une autre ONG. Dans d'autres pays. Avec d'autres collaborateurs. Et en faisant attention à ne pas répéter les mêmes erreurs.

Une lueur d'étonnement est apparue dans les yeux du jeune commissaire.

— J'ai comme l'impression que le bonhomme ne t'est pas inconnu.

— Oh ! J'ai entendu des rumeurs. Et c'est tellement facile de prévoir le comportement des voyous… Leur conformisme a quelque chose de lassant. L'escroc, hélas ! est presque aussi ennuyeux que l'honnête citoyen.

Landry a pris la mouche :

— Je suis loin d'avoir ton expérience, bien évidemment, mais ce que j'ai découvert m'a tout de même paru sortir de l'ordinaire.

Nouveau silence pensif de Lediacre.

— Sortir de l'ordinaire… a-t-il fini par chuchoter. Quel merveilleux programme ! Si nous parlions de ces découvertes ?

Si j'en crois les reconstitutions ultérieures de son emploi du temps, à cet instant précis, Pierre-Guillaume Heuzé se trouvait en Thaïlande – quelque part entre Bangkok et la frontière birmane. À faire ce qu'il avait toujours fait : à rouler les gogos dans la farine. Entouré de ses admirateurs et de ses admiratrices. Avec sa chemise d'un rouge délavé et ses grandes mèches châtains qui lui balayaient le front.

Pouvait-il imaginer que quatre flics étaient en train de discuter de son cas dans un banal bureau, près de la porte de Vanves. Même s'il l'avait su, il aurait haussé les épaules. Tant de petits fonctionnaires aigris avaient tenté en vain de lui chercher des poux dans la tête. Comment aurait-il pu penser une seule seconde que son destin héroïque était en train d'amorcer un virage déplaisant ?

3

Thibaut Landry n'était pas un type prodigieusement sympathique. Plutôt un petit prétentieux, un Monsieur Je-sais-tout. Jean-Louis Pommérieux, qui n'avait pas encore ouvert la bouche, l'aurait pour sa part qualifié de peigne-cul intégral. Pourtant, dans son genre, il était loin d'être bête. Sans consulter ses notes, sans bafouiller une seule fois, il a résumé son travail selon le plan de rigueur au grand oral de l'ENA (oral qu'il avait toutefois raté, je me permets de le rappeler, même si ce n'est pas très charitable).

Il a commencé par présenter ses sources :

— Lorsque Zerbib a compris qu'il était désarmé, il a demandé l'autorisation de transmettre le bébé rue du Château-des-Rentiers, et il nous a envoyé sa lettre. C'est moi qui ai hérité de l'affaire. J'ai donc collationné les documents de Bercy, j'ai rencontré Zerbib, qui m'a remis un double de ses photos de vacances, et puis je suis allé voir les RG, bien évidemment.

— Excellente initiative, a murmuré Lediacre en lançant un regard en coin à Pommérieux.

— Au total, j'ai dépouillé près de 450 feuillets.

Sur quoi il est passé à l'exposé proprement dit en continuant à s'adresser exclusivement à Lediacre, comme si Jean-Louis et moi faisions partie du mobilier.

— Pierre Heuzé est né le 17 février 1954 à Sainte-Adresse, une belle banlieue du Havre. Père directeur du personnel dans une entreprise de transports maritimes. Éducation super-catho. Il est enfant de chœur pendant des années, il chante dans une chorale. Adolescent, il accompagne plusieurs fois des malades lors de pèlerinages à Lourdes. Il fait le trajet en train avec eux depuis Le Havre, et sur place il emmène les pèlerins à la grotte. Je ne crois pas qu'il y ait eu de miracle… Ha ha ha ! Ces expériences lui seront très utiles par la suite, bien évidemment.

Landry commençait à m'énerver, avec ses « bien évidemment », expression ampoulée que je déteste.

— À dix-neuf ans, le voilà à Paris, où il suit des études de lettres médiocres à Censier. Deux ans plus tard, il part en voyage avec un camarade de fac. Istanbul, Téhéran, Kaboul, Katmandou. De 1976 à 1978, il réside dans un ashram du sud de l'Inde. Enfin, disons qu'il vit au sein d'une communauté spirituelle de jeunes Occidentaux, installés dans une maison appartenant à la fille d'un industriel belge. Il y avait des Italiens, des Américains, des Allemands. Si l'on en croit un témoignage de deuxième main, il serait vite devenu le petit copain de la Belge et plus ou moins le gourou du groupe. C'est là qu'il apprend l'anglais, en tout cas, une langue qu'il parle à la perfection. Il paraît qu'il n'a pas la moindre trace d'accent français. Pour moi, toute cette époque hippie sonne complètement baroque, mais pour ta génération, ça doit être familier.

Lediacre a froncé les sourcils, comme s'il se creusait la tête à la recherche d'un souvenir enfoui.

— Non, franchement, non… Il serait exagéré de dire

que les gens de ma génération ont tous vécu dans un ashram.

Landry a d'abord cru qu'il déconnait, mais Lediacre a ajouté le plus sérieusement du monde :

— Hormis le yoga, peut-être... Je ne nierai pas qu'il m'arrive de faire le vide en me concentrant sur ma respiration. Je m'autorise aussi un petit poirier de temps en temps.

C'était un de mes régals de voir la tête des gens lorsqu'il leur balançait ce genre de vanne, la lueur d'inquiétude qui soudain s'allumait dans leurs yeux. Il m'avait fait le coup si souvent au début de notre collaboration que je prenais ma revanche.

Bien que saisi à froid, Thibaut Landry n'a pas cédé à la panique. Pour la première fois depuis le début de la réunion, il s'est tourné vers Jean-Louis et moi. Les propos de notre patron n'ayant pas l'air de nous alarmer outre mesure, il a dû penser que la meilleure solution consistait à poursuivre son exposé comme si de rien n'était.

— En 1978, retour à Paris. PGH est incorporé dans l'armée, qui le cherchait depuis un bail, et il est réformé au bout d'un mois. L'année suivante, il part en mission humanitaire en Afrique. En 81, on le retrouve en Birmanie. Comme il n'a aucun diplôme universitaire, ni aucune compétence médicale ou paramédicale, il travaille comme logisticien. En 83, à l'âge de vingt-neuf ans, il fonde le Secours Humaniste Européen. SHE, ça sonne bien en anglais.

Pommérieux n'a pas pu se retenir :

— Ça sonne moins bien en français.

Landry a salué son intervention d'un rictus :

— Très drôle. C'est pour ça qu'on prononce *SHE* en anglais, et *esse ache heu* en français. Une association loi de 1901. Force est de constater qu'il n'y a rien de plus facile à monter. Deux copains, un président, un trésorier, et à nous les subventions. Après des débuts assez anonymes, il se spécialise dans deux secteurs géographiques : l'Asie du Sud-Est et les républiques musulmanes au sud de l'Union soviétique. À partir de 86-87, il commence à compter dans la nébuleuse caritative. Et à traire les vaches à lait. Bien évidemment, tu sais qu'une ONG peut créer des filiales commerciales et prendre des participations dans des sociétés. PGH a testé toutes les méthodes pour pomper du fric. En France, il a pressuré les collectivités locales qui voulaient soigner leur image solidaire. À Bruxelles, il a piqué des centaines de milliers d'euros, enfin des millions de francs à l'époque. Coïncidence ou pas, force est de constater qu'une de ses amies italiennes du fameux ashram indien occupait un poste stratégique à ECHO, l'Office Humanitaire Européen.

Ses « force est de constater » m'énervaient presque autant que ses « bien évidemment ». Mais ce petit pédant avait beau me taper sur le système, j'étais suspendue à ses lèvres.

— J'ai lu une lettre de dénonciation écrite par un ancien médecin du SHE, relative au vol de plusieurs 4×4 flambant neufs offerts par la Communauté européenne. D'après ce médecin, ces véhicules à 40 000 euros la bête n'auraient pas été volés, mais vendus en douce par PGH à une des mafias du Tadjikistan. Et les citernes de gazole auraient suivi le même chemin. PGH a aussi monté une entreprise de transports routiers pour convoyer du matériel au Kirghizistan. Le prix du fret était surfacturé, et au lieu de revenir à vide, les gros culs faisaient des détours à travers toute l'Europe pour rentabiliser le voyage au maximum. C'était tout bénef et pas déclaré, direct dans les fouilles. Il a aussi fondé l'association Passerelles Solidaires, spécialisée dans les audits bidon. Les infos circulent vite dans la galaxie des ONG, parce que c'est un petit monde où les gens passent souvent d'une association à l'autre. Avec toutes les casseroles qu'il avait au cul, il s'est acquis une sacrée réputation. Quand tu lis les paquets de lettres indignées envoyées au fisc, chez nous ou carrément à des juges d'instruction, PGH, c'est Al Capone. Détournements de fonds, abus de confiance, escroqueries, marchés truqués, salaires des employés non payés, crédits non remboursés.

— Un curriculum vitae qui aboutit à la mise en liquidation judiciaire de 1997, a dit Lediacre.

— Oui, exactement. Les donateurs se faisaient la malle. Et ECHO ne voulait plus le renflouer : il commençait à être triquard à Bruxelles. C'est là que ça devient vraiment intéressant. Il n'avait plus un radis. Il était brûlé auprès des distributeurs de pognon. Il paraît que certains hommes politiques, dont un ancien ministre de la Santé, refusaient de lui serrer la main.

Décidément, cette marque de mépris suprême avait fait le tour du monde...

— Pourtant il ne lui a fallu que quelques mois pour rebondir. Je pense que tu en conviendras, ça prouve qu'il disposait d'appuis très solides.

Lediacre a hoché la tête.

— Il a donc fondé une nouvelle association, MÔMES. À l'origine, il comptait décliner le nom en fonction des différentes branches nationales de l'ONG : NIÑOS en Espagne, BAMBINI en Italie, KIDS dans les pays anglo-saxons. Mais les Américains ont adoré l'accent circonflexe, sur le « o », ça donnait une superbe *french touch*. Alors c'est resté MÔMES dans le monde entier. À partir de 98, il ne se disperse plus dans tous les sens. Finis les anciens satellites de l'URSS, la condition féminine, les vieux, les malades et les affamés. Il ne s'occupe plus que des enfants, et dans un seul secteur géographique : l'Asie du Sud-Est. Mais le changement le plus stupéfiant, c'est qu'il est devenu honnête.

— Tout pécheur est susceptible de se racheter, a déclaré Lediacre sur un ton onctueux.

Landry a répliqué du tac au tac :

— Je suis loin de posséder ton expérience. Mais j'ai quand même entendu dire que la rédemption est rare chez les escrocs.

Mon chef bien-aimé a dû s'avouer battu :

— En effet.

— L'histoire de Zerbib montre que son train de vie ne correspond pas du tout à ce qu'on attendrait d'un saint laïc. J'ai donc commencé à éplucher les comptes de MÔMES depuis l'année de sa fondation. Et je n'ai pas relevé la plus petite irrégularité. C'est même trop nickel pour être vrai. Les ONG ne sont pas très pros, en général, et il y a toujours des couilles dans leurs bilans annuels. Alors je me suis demandé qui gérait l'assoce de façon aussi impeccable. C'est comme ça que je suis tombé sur Alain Charvet. Il a connu PGH au Havre, chez les pères. Leurs chemins se séparent en 73, quand PGH monte à Paris. Lui, il fait des études de comptabilité, passe son BTS, et entre à la Caisse d'Épargne. Il est vite promu, on le nomme chef d'agence. Mais le lascar est un peu trop malin pour passer sa vie à fourguer des livrets A. Il sympathise avec certains de ses clients et leur dit : « Pourquoi vous contentez-vous de 2,75 % d'intérêts alors que je pourrais vous servir du 10 % ? Sans aucun risque. Placement de père de famille. » Ça a duré des années. Le schéma habituel, la cavalerie. Il niquait de nouveaux pigeons pour rembourser les premiers. Et puis il a fini au trou, bien évidemment. Tu devines la suite ?

— Le propre d'une association caritative est de tendre la main à l'homme qui a chu.

— Exactement. Il n'est resté qu'un an en cabane, mais ce n'est pas facile de retrouver du boulot dans la banque avec un casier... Heureusement, son vieux copain de collège lui a proposé le poste de trésorier. Depuis 98, les comptes de MÔMES sont transparents de chez transparent. On se croirait en Suède ! PGH et Alain Charvet s'octroient des salaires tout ce qu'il y a de plus raisonnable : 3 000 euros par mois. Entre parenthèses, ça ne représente même pas une nuit dans le cinq-étoiles de San Francisco, ni la location d'une limousine avec chauffeur. Ils n'abusent pas non plus des frais de déplacement et de représentation. Ils ne piquent pas dans la caisse. Ils ne flambent pas avec l'argent de Bruxelles. Pour essayer de comprendre comment ils magouillent leur truc, j'ai envoyé une convocation à Alain Charvet. Et là, bizarre, vous avez dit bizarre, comme c'est bizarre...

— Une discrète intervention hiérarchique, a dit Lediacre.

— Oui. Discrète, mais ferme. On m'a expliqué que je ne devais pas perdre mon temps à harceler des gens qui se dévouent pour les enfants du tiers-monde. J'en ai parlé au syndicat des commissaires, où l'on m'a suggéré de venir te voir.

Le regard de Lediacre s'est perdu dans le vide. Au bout d'une minute, Landry a insisté :

— Tu penses pouvoir faire quelque chose ?

— Résumons d'abord l'affaire. De 1983 à 1997, Heuzé multiplie les irrégularités. Mais elles sont commises à l'étranger, et aucune preuve n'est disponible. De 1998 à aujourd'hui, il est en apparence blanc comme neige. Et s'il persévère sur la voie du crime, il prend bien soin de ne commettre aucune incartade sur le territoire français. Pour corser le tout, il a des amis qui ont le bras long.

— C'est bien pour ça que je suis ici. On m'a dit que les intouchables étaient ta spécialité.

— C'est me faire beaucoup d'honneur. Néanmoins, il n'est pas exclu que je puisse faire avancer le dossier.

— Ça prendra longtemps ?

— Je me demande si la renommée de M. Jacques Crozemarie est parvenue jusqu'aux moins de trente ans.

— Si, si, bien sûr que je le connais. C'est le type qui empochait l'argent de la recherche sur le cancer.

— Eh bien, combien de temps a-t-il fallu pour lui réserver une chambre à la Santé ?

— Euh... je ne sais pas.

— Vingt ans. Vingt ans durant lesquels tout le monde savait. Vingt ans durant lesquels certains ministres refusaient de lui serrer la main, à lui aussi.

Thibaut Landry a senti que l'entretien était clos. Alors, il a laissé tomber le masque du type sûr de lui et déjà blasé à vingt-neuf ans. Il a posé la question qui devait le tourmenter depuis un moment – la question qui, je l'avoue, m'était également venue à l'esprit. Du coup, sa voix s'est transformée, comme rajeunie, et il y avait presque de la timidité dans ses yeux.

— Euh... J'ai quand même un peu de mal à saisir la psychologie du personnage. Il a été élevé dans la religion catholique, puis il s'est passionné pour la spiritualité hindoue, et il a passé toute sa vie d'adulte dans l'humanitaire. Pourtant, la seule chose qui compte pour lui, c'est le pognon. Tu ne trouves pas ça... un peu... contradictoire ?

Lediacre n'a pas traité cette remarque par le dédain. Il a même délayé son ironie coutumière dans une bonne dose de compréhension. Lui aussi devait trouver que ce brusque accès de naïveté était à l'honneur de Landry.

— Il est certain que si l'enrichissement malhonnête était mon principal objectif dans la vie, j'aurais plutôt tendance à me faire élire maire d'une commune, puis à confier la construction de ronds-points inutiles à une entreprise de travaux publics appartenant à mon beau-frère, à mon gendre ou à mon meilleur ami.

Landry a esquissé un sourire avant d'insister :

— Quand même, risquer sa réputation, salir lui-même l'image qu'il s'est donné tant de mal à forger... Et tout ça pour quoi?

Lediacre lui a montré du doigt les photos de San Francisco étalées sur son bureau.

— Voici la réponse. Des dîners à 500 dollars. Une voiture de 7 mètres de long. Des filles de vingt ans, estampillées 90-60-90. Une brune pour les jours pairs, une blonde pour les jours impairs. C'est tout de même plus amusant que de faire de l'alphabétisation dans un orphelinat thaïlandais.

Il s'est tourné vers Jean-Louis, qui roupillait à moitié sur sa chaise.

— Il ne faut pas chercher plus loin. Le commandant Pommérieux, dont la sagesse n'est plus à démontrer, confirmera sans doute ce diagnostic déprimant.

Jean-Louis s'est ébroué et, sans réfléchir une seule seconde, nous a livré le fruit de sa riche expérience.

— C'est sûr, patron. On trouve toujours des gars qui chourrent dans la sébile des aveugles, depuis qu'il y a des aveugles et qu'on a inventé la sébile.

4

Lediacre a couvert son jeune collègue de remerciements et l'a raccompagné jusque dans la rue. Il n'est jamais aussi courtois qu'avec les gens qui ne lui plaisent pas. Cinq minutes plus tard, il nous a rejoints dans son bureau.

— Alors ? nous a-t-il demandé. Qu'en pensez-vous ?

— Ce petit commissaire n'est qu'un titilleur de membre, a répondu Pommérieux.

— Je ne suis pas loin de partager votre opinion, Jean-Louis. On sent bien qu'il n'est mû que par la frustration. L'intervention des hautes sphères l'a vexé, mais il s'y habituera vite. Il est intelligent et méthodique, il fera une belle carrière administrative.

Pour Lediacre, il existe deux sortes de flics. Ceux qui sont entrés dans la police nationale par hasard, par erreur, par raccroc, pour les vacances et la sécurité de l'emploi. Et puis ceux qui ne changeraient de métier pour rien au monde : les poulets bio élevés en plein air, comme lui, comme Jean-Louis ou comme moi. Son verdict était sans appel : Thibaut Landry appartenait à la première catégorie. La suite ne l'a pas détrompé puisque celui-ci n'a plus jamais donné signe de vie.

Je suis persuadée que d'ici dix ou quinze ans, quand il aura pris du galon et obtenu un grand bureau directorial meublé par les Gobelins, Thibaut Landry ne se fera pas prier pour étouffer les affaires gênantes en intimant aux commissaires débutants de se mêler de leurs oignons.

— Et cet Heuzé, est-ce qu'il vous inspire? Admirable parcours, non?

— Moi, il me botte, a dit Pommérieux avec une mine gourmande. J'adore ce genre d'enculé mondain aux combines bien écœurantes.

— Moi aussi, patron, je suis partante.

Lediacre a poussé vers moi la chemise contenant 450 photocopies que nous avait laissées Landry, ainsi que les photos de vacances de Jean-Pascal Zerbib.

— Vous allez vous amuser à potasser tout ça. Comme je sais que vous aimez replacer une affaire dans un contexte plus global, je vous ai apporté un peu de lecture de mon côté.

Il m'a indiqué deux énormes dossiers et une pile de bouquins empilés sur une étagère, derrière son ordinateur. Je me suis levée pour aller les chercher. Malgré mon accablement, j'ai réussi à plaisanter :

— Vous me gâtez, patron.

— Ta ta ta! Ce n'est qu'un début. Vous ne pourrez mener cette enquête à bon port que lorsque les arcanes de la loi de 1901 n'auront plus de secrets pour vous.

— Allah tout-puissant! s'est exclamé Pommérieux. Et pour moi, qu'est-ce que vous avez prévu?

— Jean-Louis, nous savons tous les deux que vous ne possédez pas la capacité d'absorption d'Hélène. En revanche, vous avez conservé des amitiés précieuses chez les RG.

— C'est parti.

Lorsque je suis sortie du bureau de Lediacre, le dos voûté, avec mes dix kilos de documentation, Pommérieux, au bout du couloir, était déjà en train de composer un numéro sur son portable.

Ce qu'il y a de bien avec Lediacre, c'est qu'on n'a pas le temps de s'ennuyer le week-end. Le samedi matin au réveil, je me suis immergée dans l'univers pas toujours très appétissant des ONG. Les dossiers grands ouverts et les livres bourrés de marque-pages ont littéralement envahi les 19 mètres carrés de mon studio de la rue Lecourbe. Il s'agit de deux chambres de bonne réunies qui m'ont coûté les yeux de la tête, et que j'aurai fini de payer dans quatorze ans, mais cela n'a pas de prix de pouvoir me rendre au bureau à pied, et surtout d'habiter à quelques centaines de mètres de mon patron vénéré…

J'ai commencé par un ouvrage juridique sur les associations loi de 1901 : statuts, conseil d'administration, assemblée générale, rémunération des dirigeants, subventions, reconnaissance d'utilité publique. Le dernier chapitre, traitant du redressement, de la liquidation judiciaire et de la dissolution, a bien sûr retenu mon attention, car je ne perdais pas de vue une seule seconde la carrière en dents de scie de Pierre-Guillaume Heuzé. La relative indulgence de la législation expliquait comment il avait réussi à retomber chaque fois sur ses pieds.

En fait, c'était le genre de type qui use, qui abuse, qui tire sur la ficelle, mais qui sait s'arrêter juste avant qu'elle ne casse. Bref, un gars beaucoup plus rusé que les divers malfaisants dont Lediacre m'avait conseillé d'étudier les exploits. Il y en avait pour tous les goûts, de la petite dame qui s'octroie un salaire princier pour aider les SDF jusqu'au gros pourri qui fait la tournée des trois-étoiles au Michelin avec le pognon de la faim dans le monde. Les associations les plus anciennes ou les plus réputées n'étaient pas épargnées par les procès : même la Croix-

Rouge ou les Restaurants du Cœur avaient eu leur lot de dirigeants « indélicats ». C'est une question de statistiques : partout, y compris chez mère Teresa, il y a un pourcentage incompressible de gens qui ne peuvent pas se retenir de mettre les doigts dans le pot de confiture.

Le dimanche matin, j'ai étudié les mécanismes les plus classiques de détournement de fonds, avant de feuilleter une série de bouquins du style *L'Humanitaire en crise*, *Les Ambiguïtés de l'humanitaire*, *L'humanitaire est un business*, *Les Pièges de l'humanitaire*, *Le Naufrage des humanitaires*, *L'Humanitaire à la dérive*, et ainsi de suite... Entre les témoignages de bénévoles et les documents chocs, il y en avait une vraie bibliothèque.

Enfin, le dimanche après-midi, j'ai attaqué le dossier rassemblé par Zerbib et le commissaire Landry. L'ensemble était accablant, et en même temps inexploitable. Comme l'avait remarqué Lediacre, ce qui ne tombait pas sous le coup de la prescription n'était pas avéré, ou bien avait eu lieu à l'autre bout du monde. Chaque fois que Lediacre s'en prenait à un nouvel intouchable, c'était la même chanson : la culpabilité d'Heuzé ne faisait aucun doute, mais on ne savait pas par quel bout commencer.

J'ai tout de même relevé une histoire assez troublante, une histoire dont Landry ne nous avait pas parlé, mais qui méritait d'être étudiée de près.

Comme j'étais occupée par une autre enquête le lundi, nous ne nous sommes réunis que le mardi en milieu d'après-midi. J'ai rapporté ma pile de livres et de dossiers dans le bureau de Lediacre. Pommérieux, qui était allé fumer trois ou quatre gitanes dans la rue pour se constituer une petite réserve de nicotine, nous a rejoints une minute plus tard.

Lediacre m'a interrogée du regard, et je suis allée droit au but.

— Les éléments rassemblés par le commissaire Landry sont édifiants, mais ce n'est pas avec ça qu'on va le coincer. On ne convaincra jamais un juge avec des tours de passe-passe comptables remontant à Mathusalem. En revanche, il y a un épisode qu'il faudrait approfondir. Au début des années 1990, le Secours Humaniste Européen avait de gros problèmes financiers, Bruxelles menaçait déjà de lui couper les vivres, et plusieurs bénévoles, scandalisés par les magouilles d'Heuzé, avaient rencontré un certain écho dans la presse. Je vous cite un éditorialiste célèbre qui commençait son papier ainsi : « La gestion de PGH interpelle les acteurs et les donateurs de l'humanitaire. » L'article avait fait du bruit à l'époque. Mais le soufflé est retombé peu de temps après, quand une équipe du SHE a été enlevée aux confins de l'Arménie et de l'Azerbaïdjan. Deux infirmières et un logisticien français, un médecin canadien, un prothésiste belge et un accompagnateur local surnommé Ali le Tchétchène.

— Le Caucase n'est pas une villégiature de tout repos, a dit Lediacre. Dans ces contrées riantes, le kidnapping est considéré comme une profession honorable.

Cela m'a un peu déçue de constater que cette histoire d'enlèvement ne lui avait pas échappé.

— Continuez, Hélène, continuez. J'aimerais voir si nous sommes parvenus aux mêmes conclusions.

— D'après les coupures de journaux reproduites dans le dossier, le Quai d'Orsay est intervenu, on a envoyé un émissaire négocier avec je ne sais quelle tribu…

Lediacre, qui semblait d'humeur badine, m'a de nouveau interrompue :

— Le montagnard du Caucase est d'ordinaire farouche et sourcilleux.

— Ça s'est éternisé. Plus de trois semaines. On n'a jamais déterminé avec certitude l'identité des ravisseurs. De même, le montant de la rançon payée par la France n'a pas été révélé. Tout ce qu'on sait, c'est que l'équipe a réapparu un beau matin. Ils étaient très fatigués, amaigris, après avoir été emprisonnés dans une espèce de cabane de berger glaciale. On les avait nourris avec une bouillie immonde. Le Belge avait même attrapé une pneumonie dans la montagne. Quant au logisticien français, il était mort en détention. Les rescapés n'avaient pas grand-chose à raconter. Ils voulaient juste rentrer chez eux. Le seul qui n'avait pas du tout envie d'écraser le coup, c'était le médecin. Mais il est retourné au Canada, si bien que ses propos n'ont pas été repris. Il a pourtant été interviewé par un journaliste de Montréal. Vous avez lu l'article ?

Lediacre a hoché la tête.

— Oui. Mais continuez tout de même pour Jean-Louis.

Je me suis tournée vers l'intéressé.

— En un mot comme en cent, le toubib canadien a trouvé l'aventure un peu curieuse. Les ravisseurs avaient un comportement bizarre, et selon lui l'accompagnateur, Ali le Tchétchène, ne se contentait pas de jouer les interprètes. On aurait dit parfois qu'il leur donnait des ordres. Par ailleurs, le logisticien, un certain Patrick Phuong, avait été séparé du reste du groupe dès le début. Une fois enfermés dans leur bergerie, ils ne l'ont plus revu. C'est Ali le Tchétchène qui leur a annoncé sa mort : un des bandits lui aurait expliqué qu'il avait été abattu en essayant de s'évader. Mais personne en France n'a relayé les déclarations du Canadien, et ça s'est terminé en eau de boudin.

— Pas pour tout le monde, a dit Lediacre.

— Comment ça ?

— De manière très opportune, le SHE a connu un répit financier au cours des deux années suivantes.

— Vous n'insinuez quand même pas...

— Hélène, votre candeur a quelque chose de touchant...

— Il est évident qu'Ali le Tchétchène était dans le coup. Vous, patron, vous pensez carrément qu'Heuzé a manigancé l'enlèvement pour renflouer ses caisses.

— Je ne crois guère aux miracles, et ce kidnapping me semble un peu trop providentiel pour être honnête. C'était bien joué, d'ailleurs. Trois kopecks pour les farouches montagnards. Quelques milliers de roubles pour Ali. Et le reste pour renflouer le SHE.

Jean-Louis Pommérieux, qui avait assisté en silence à notre dialogue, a toussoté pour attirer notre attention.

— Hum. En général, je suis écrasé par votre supériorité intellectuelle à tous les deux. Mais pour une fois, mon pauvre bulbe ne fait aucun complexe d'infériorité. Sans vouloir vous contredire, patron, Ali n'a pas été payé en roubles.

— Si je comprends bien, la pêche a été bonne du côté des RG ?

— Ali le Tchétchène n'est pas plus tchétchène que vous et moi. C'est un Turc. Il s'appelle Mehmet Zolku. Pourquoi l'a-t-on surnommé Ali ? C'est une blague en référence à Mehmet Ali Agça, le gus qui a fumé Jean-Paul II en 81 sur la place Saint-Pierre. Il paraît qu'il lui ressemble, et comme lui aussi il est turc... Heuzé l'avait déjà employé en Géorgie et au Kazakhstan.

— Que lui a-t-il promis ?

— La plus fabuleuse des récompenses, patron. Le rêve de l'humanité entière. Un visa pour la France. Ali a débarqué dans notre merveilleux pays en 94.

— Vous voulez dire que notre Tchétchène, enfin... notre Zolku, se trouve toujours sur le territoire national.

— Oui. Il a été condamné pour assassinat en 98. Il a eu des mots avec un de ses compatriotes installé en

Allemagne. Ça s'est passé dans la banlieue de Strasbourg : cinq coups de hache, dont trois mortels, d'après le rapport du légiste.

— On ne peut pas lutter contre son tempérament. Bien entendu, vous l'avez déjà localisé.

— Oh oui ! Je n'ai eu aucun mal à le loger. Il n'est pas loin, notre bûcheron. Il a commencé à purger sa peine en Alsace, mais comme il se montrait un peu agité, on l'a transféré à la centrale de Melun.

— Dites-moi, Jean-Louis, si ma mémoire est bonne, vous avez des relations à l'intérieur de cette éminente institution ?

— Oui. D'ailleurs, ça m'arrangerait si Hélène pouvait se libérer après-demain matin.

Lediacre a eu le mot de la fin :

— Voyez-vous, Jean-Louis, si vous n'apparteniez pas déjà au service d'élite que j'ai l'honneur de commander, je crois bien que j'essaierais de vous recruter.

5

Le jeudi matin, j'ai donc débarqué avec Jean-Louis Pommérieux dans le magasin Carrefour de Drancy, tout près de l'hôpital franco-musulman de Bobigny. C'était l'un des hypermarchés de Seine-Saint-Denis où mon vieux camarade rencontrait régulièrement certaines de ses cousines.

Car le système Lediacre reposait en grande partie sur la collecte d'informations. Je sais que beaucoup de gens ont une image idyllique de la police : ils s'imaginent que tous les flics collaborent en parfaite harmonie et qu'il suffit de cliquer sur une souris pour obtenir les renseignements réunis par les autres services. En réalité, chacun travaille dans son coin et défend son bout de gras. Pas seulement parce que c'est dans la nature humaine, mais parce que si vous aidez le voisin à atteindre ses objectifs, mathématiquement vos propres statistiques en prennent un coup. Tout repose donc sur le copinage et le renvoi d'ascenseur. Pour pouvoir compter sur les autres, Lediacre avait besoin d'une monnaie d'échange, autrement dit des tuyaux exclusifs obtenus par le commandant Pommérieux.

Celui-ci consacrait le plus clair de son temps à la gestion

d'un cheptel d'indicateurs sélectionnés selon un double principe très simple : un père de famille qui va en prison laisse les siens dans une situation difficile, mais se retrouve dans un milieu favorable aux indiscrétions. Le marché était donc le suivant : en échange de renseignements de valeur, Pommérieux remettait des enveloppes à sa femme, qui pouvait ainsi améliorer l'ordinaire, et d'autre part donner au détenu de quoi cantiner en centrale. De plus, comme me l'avait souvent expliqué Pommérieux :

— Une fois qu'ils ont mordu à l'hameçon, ils l'ont dans l'os. C'est dingue comme on s'habitue facilement à recevoir 800 ou 900 euros par mois. Ensuite, c'est la schlague. Dès que papa arrête de me fournir de la came de bonne qualité, je divise par deux le contenu des enveloppes que je refile à maman, ou bien je leur coupe carrément les vivres s'ils se foutent de ma gueule, et c'est les gamins qui trinquent. Il suffit d'un subtil dosage pour les avoir à ma botte.

Jean-Louis nourrissait une étrange passion pour l'Afrique du Nord ; il avait été marié à une Algérienne et parlait l'arabe à la perfection. À quelques exceptions près, ses tontons étaient donc maghrébins. La majorité habitait la Seine-Saint-Denis, le Val-de-Marne ou les Hauts-de-Seine. Comme beaucoup de musulmanes ne peuvent pas se balader à leur guise, il rencontrait leurs femmes en général deux fois par mois pendant qu'elles faisaient les courses près de chez elles. Il les gérait en solo. Je dirais même qu'il défendait jalousement ce lien personnel, exclusif – comme c'est d'ailleurs souvent le cas chez les flics qui travaillent avec des indics.

Mais de temps en temps, il me demandait de venir couvrir ses arrières, autrement dit de m'assurer que ses correspondantes n'étaient pas suivies. Dans ce genre d'activité, il faut être certain qu'aucun complice du mari ne se doute de quelque chose. Et puis on ne peut jamais exclure qu'un frère ou un père intransigeant en matière d'honneur ne cherche à s'assurer que Fatima ne va pas se consoler dans les bras d'un coquin sous prétexte de faire des emplettes.

La technique de Jean-Louis était immuable :

— Je leur fixe toujours un rendez-vous le matin. Quand les z'y vas sont encore au pieu. Il y a beaucoup moins de risques qu'elles se fassent repérer par un petit branleur de leur cité. Mais comme ces gonzesses-là et la ponctualité, ça fait deux, je ne leur file pas rencard directement entre les gondoles. Il faut d'abord qu'elles passent devant un bistrot. Si elles sont en retard, au moins, je peux poireauter confortablement.

La première devait arriver à 10 heures et demie. Nous sommes donc allés boire un crème dans la galerie marchande, à une terrasse (si on peut appeler ça une terrasse) coincée entre une grande enseigne d'électroménager et un magasin de fringues pour adolescentes genre Star Academy.

Nadia s'est pointée avec un quart d'heure de retard, en poussant un chariot dans lequel elle avait installé deux gamins en bas âge. Elle avait une touche pas possible : une minijupe en cuir marron qui ne cachait rien de ses grosses cuisses, une espèce de gilet perforé de la même couleur et des grolles scintillantes munies de talons immenses, à la limite de l'échasse, qui la surélevaient de 15 centimètres. Avec sa surcharge pondérale, elle me faisait penser à une balle de golf posée sur son tee.

— Je fais semblant de ne pas être avec toi ? ai-je demandé à Jean-Louis.

— Non, non, au contraire. Ça la rassurera de voir qu'il y a une voiture-balai. Elle se dira qu'on est soucieux de sa sécurité.

Nadia a adressé un sourire discret à Pommérieux, et

continué tout droit vers l'entrée de Carrefour. Nous avons récupéré les deux chariots que nous avions eu la précaution de mettre de côté : règle d'or numéro un pour passer inaperçu dans un hypermarché. La règle d'or numéro deux précise que le chariot doit être plein. Nous nous sommes donc précipités au rayon boissons pour charger en vitesse deux ou trois packs d'eau minérale et quelques cannettes de jus de fruits à bulles.

— Tu sais, Jean-Louis, tu ferais mieux de prendre des cubitainers de vin rouge. Ça ne fait pas vrai de te voir pousser de la Volvic. Un jour tu te feras repérer...

Il a écarté mes lazzi d'un haussement d'épaules, puis rejoint Nadia à l'endroit convenu : dans la travée café, thé, chocolat, chicorée. Je suis restée dans l'allée centrale pendant qu'ils commençaient à chuchoter, dos à dos, en feignant de chercher un produit particulier. Ils pouvaient discuter tranquillement, car il n'y avait pas l'ombre d'un bandit d'honneur dans les parages.

Au bout d'une minute, j'ai descendu la travée parallèle à la leur afin de continuer mon inspection du côté des caisses. Hormis un grand black au crâne rasé vêtu d'un costard de vigile, les gens étaient trop affairés pour prêter attention aux conciliabules du couple maudit. Je ne devrais pas dire ça d'un ami, mais le charme masculin de Jean-Louis était à peu près aussi dévastateur que la grâce féminine de Nadia. À quarante-huit ans, il en faisait soixante, tant le tabac et l'alcool lui avaient rongé la figure.

À la fin de leur entretien, il a négligemment laissé tomber une enveloppe dans le chariot de Nadia et s'est éloigné vers l'intérieur du magasin. Quand Nadia est passée devant moi, l'enveloppe avait déjà disparu, et elle était en train de gronder un de ses deux gamins qui s'agitait.

J'ai rejoint Jean-Louis au rayon boissons, nous avons

remis nos packs en place, et nous sommes sortis avec nos chariots vides pour regagner la terrasse de café dans la galerie marchande.

— Tu n'as pas l'air content. La moisson est maigre ?

— Pas terrible. Et ça dure depuis un bout de temps. J'hésite à les mettre au pain sec et à l'eau. Mais elle me fait pitié. La pauvre Nadia est une fille de Sfax, en Tunisie. Elle a eu le malheur de tomber sur un excité du gland. Ce connard passe son temps à violer tout ce qui bouge. Il est incarcéré à Caen, avec plein de malades de la queue de son acabit. Entre deux viols, il a quand même réussi à lui faire trois mômes, les deux que tu as vus et un plus grand. Et à la foutre séropositive. Trois gniards, pas de boulot, et il faut qu'elle aille en Normandie pour les parloirs.

— La belle vie…

— Mouais. Hélène, tu n'en touches pas un mot au patron. Tu sais comment il est : il en veut pour son blé. Je suis descendu à 400 euros par mois, vu les tuyaux foireux qu'elle me refile. Mais je vais encore attendre un peu avant de lui enfoncer la tête sous l'eau.

Voilà pourquoi je n'ai aucune envie de remplacer Jean-Louis, même à titre temporaire. Gérer des cousines, c'est un boulot d'assistante sociale. On s'attache aux gens, on entre dans la famille, on voit grandir les enfants et le destin s'acharner sur eux.

Le sort de la deuxième jeune femme était à peine plus gai. Elle s'est pointée dans le hall avec seulement cinq minutes de retard, à 11 h 35. Elle s'appelait Halima, et c'était le jour et la nuit avec la grosse Nadia. Elle avait beau porter un vêtement sombre qui lui battait les chevilles, on devinait sa silhouette élégante, et le voile qui cachait ses cheveux mettait en évidence des traits d'une grande finesse – presque angéliques, même si c'est un peu idiot d'employer des mots pareils.

Pommérieux m'avait raconté qu'elle arrivait tout droit du bled. Ses parents, des péquenots algériens, l'avaient mariée d'autorité à un de ses lointains cousins installé dans le 93. L'heureux élu, Khaled, avait quinze ans de plus qu'elle et exerçait la profession de trafiquant de shit. Il l'avait cloîtrée dans la cuisine de son F3, au dixième étage d'une barre de Drancy, avant de tuer un concurrent de plusieurs coups de couteau dans l'abdomen. Comme il avait déjà un joli casier, le tribunal de Bobigny, tout près de chez lui, l'avait condamné à dix-huit ans de réclusion – ce qui signifiait grosso modo qu'il en ferait dix.

Résultat des courses : la petite Halima était complètement paumée, ne parlait pas un mot de français. Son seul avantage, c'est que Khaled n'avait pas eu le temps de la mettre en cloque. Pour le reste, elle allait devoir passer dix ans en tête à tête avec la mère de son mari, chargée de surveiller sa moralité.

La vioque était bien sûr au courant des rendez-vous avec Pommérieux, si bien qu'il n'y avait pas grand risque de tomber sur un gêneur. Nous avons tout de même rejoué le même sketch : retour dans le magasin, remplissage des chariots avec des packs de boissons, puis murmures clandestins devant la gondole chicorée. Depuis l'allée centrale, je devinais ce que Jean-Louis était en train de lui expliquer en arabe : lors de sa prochaine visite à la centrale de Melun, elle devrait dire à Khaled de trouver dans les plus brefs délais un moyen de se renseigner sur Mehmet Zolku, alias Ali le Tchétchène, et si possible d'entrer en rapport avec lui.

Je voyais Halima, de trois quarts, qui hochait vigoureusement la tête. À la fin, Jean-Louis lui a fait répéter sa leçon pour être sûr qu'elle l'avait bien mémorisée. Et puis il a laissé tomber une enveloppe au fond de son chariot.

Cinq minutes plus tard, en regagnant le parking du Carrefour, il a rigolé :

— Ce matin, Hélène, tu as pu contempler un bon résumé du monde arabe. Les gros cageots portent des minijupes au ras du bonbon, et les prix de beauté sont planqués sous de la toile à sac. Je dis bravo, Allah !

Pommérieux avait une passion pour les Arabes et un mépris total pour leur religion. À ses yeux, tout ce qui n'allait pas de l'autre côté de la Méditerranée, c'était la faute de l'islam. Moi, très humblement, je n'ai pas d'opinion arrêtée sur la question. Tout ce que je sais, c'est que le message d'un flic français arabophone allait être transmis par une Algérienne à un beur, puis à un Turc qui se faisait passer pour un Tchétchène, dans le but de niquer un Français installé en Thaïlande. De là à en conclure que le billard est le sport favori du divisionnaire Lediacre…

6

L'après-midi, Jean-Louis et moi sommes allés planquer pendant trois heures devant le siège français de MÔMES, sur le boulevard Auguste-Blanqui, dans le XIIIe arrondissement. Il était installé au rez-de-chaussée d'un immeuble, dans une sorte de cité constituée de minibarres de douze étages. Les locaux voisins abritaient une agence bancaire, une minuscule supérette, une boucherie, un salon de coiffure, et l'ensemble était dominé par le métro aérien. Un environnement tout ce qu'il y avait de plus modeste.

Il s'agissait juste d'une première prise de contact, histoire d'avoir un aperçu de leurs activités.

Assis à l'avant de notre petite Citroën, nous avons observé les allées et venues. Il n'y avait pas beaucoup de mouvement : quelques visiteurs, un ou deux coursiers à scooter. À 17 heures, deux filles sont sorties, qui avaient l'air de travailler là. En allant prendre le métro à la station Glacière, elles sont passées au ras de notre voiture. Deux filles plutôt pas mal, avec de longs cheveux très propres et des vêtements simples, mais de marque. Le genre étudiantes de l'Ouest parisien.

Cela m'a fait penser à une enquête que j'avais lue au

cours du week-end. Plus les gens sont aisés et diplômés, plus ils donnent aux causes humanitaires. D'après les statistiques, les prolos, eux, gardent leur argent. Quoi qu'il en soit, Pierre-Guillaume Heuzé recrutait des collaboratrices qui ne s'habillaient pas chez Tati et qui prenaient un shampooing tous les jours.

Nous n'avons pas vu PGH, mais nous savions d'avance qu'il était rarement dans ses bureaux parisiens.

Une demi-heure plus tard, nous sommes arrivés rue du Docteur-Verdier pour faire notre rapport à Lediacre. Après nous avoir écoutés d'une oreille distraite, il a indiqué une chemise posée sur son bureau.

— Vous vous souvenez d'Alain Charvet? L'ami d'enfance d'Heuzé, l'escroc de la Caisse d'Épargne, et aujourd'hui le trésorier de son association.

— Oui, patron.

— C'est un personnage à connaître. Plein de ressource... J'ai feuilleté son dossier. Menteur invétéré, enjôleur de vieilles dames et extrêmement doué en calcul mental. Quelques voix se sont interrogées lorsque Heuzé a décidé de lui confier les cordons de la bourse de MÔMES. Il leur a rétorqué qu'une association caritative doit remettre sur le droit chemin ceux qui s'en sont écartés. Réponse aussi imparable qu'évangélique, non?

Pommérieux a compris le message à demi-mot :

— Comme Heuzé est en Asie, vous voulez qu'on se concentre sur son lieutenant?

— Pour l'instant, en tout cas. Je ne serais pas étonné d'apprendre qu'il constitue une pièce maîtresse dans l'organisation de PGH.

— Il faudrait d'abord savoir si Charvet est là en ce moment, avant de...

Lediacre l'a interrompu :

— J'ai téléphoné à l'association en début d'après-midi, en me faisant passer pour un donateur putatif. Une secrétaire, ou une bénévole, m'a dit qu'il serait là demain matin. Vous pourriez aller jeter un œil, Jean-Louis.

— Qu'est-ce que vous préférez ? Gazier ? Électricien ? Plombier ?

— Je vous laisse le choix du corps de métier. N'êtes-vous pas polyvalent ?

Lediacre, tout sourire, s'est tourné vers moi.

— Il vaudrait mieux que vous vous teniez en retrait. Comme Jean-Louis sera brûlé après sa visite, il faut que vous préserviez votre anonymat. Mais vous pourriez essayer de filer Charvet dans le temps de midi. Il doit bien aller s'alimenter quelque part, cet homme-là.

Le lendemain matin, nous avons donc commencé nos petites manigances habituelles. Jean-Louis Pommérieux s'est équipé d'une vieille paire de chaussures de sécurité avec bouts renforcés, de bleus de travail raisonnablement sales et d'une sacoche à outils en bandoulière. Il avait toute une théorie sur les déguisements :

— Quand tu regardes des trucs du Moyen Âge à la télé, ce qui ne va pas, c'est que les vêtements sortent de chez la costumière. Le manant qui devrait être sapé comme un clodo, il a un caleçon mauve pétant et une chasuble impeccablement repassée. Ça jure. Mais attention ! Il ne faut pas non plus être trop cradingue, parce que ça attire aussi l'attention.

Il a peigné ses cheveux gras vers l'arrière, si soigneusement que cela lui dessinait des sillons sur le crâne. Et pour faire encore plus couleur locale, nous avons demandé aux mécanos du rez-de-chaussée de nous prêter une camionnette blanche équipée en sous-marin.

Jean-Louis m'a larguée au métro Glacière, et je suis allée

me planter à une centaine de mètres du siège de MÔMES, sur le trottoir opposé. J'apercevais la porte de l'immeuble entre les piliers du métro aérien. Fidèle aux consignes de Lediacre, j'avais dissimulé ma figure sous un bonnet de laine et derrière des lunettes aux verres neutres (j'ai dix dixièmes à chaque œil).

J'ai vu Jean-Louis se ranger sur un bateau et pousser la porte de l'association. Il avait décidé de se présenter comme un électricien sous-traitant pour la Ville de Paris et de leur raconter une histoire vaseuse de baisse de tension. En leur demandant la permission de vérifier les compteurs, il espérait pouvoir faire la tournée des locaux.

Il est ressorti dix minutes plus tard, s'est remis au volant du petit soum et est allé se garer rue de la Glacière sur une place de livraison. Je l'ai rejoint tranquillement, et je suis montée à la place du mort.

— Alors?

— Alors tout baigne. Un jeu d'enfants. C'est correct chez eux, sans plus. On ne peut vraiment pas dire que ça pue le fric à plein nez. Il y a des posters de gniards sur tous les murs. J'ai surtout discuté avec une des deux bichettes d'hier soir, celle qui tient la réception. L'autre travaille dans un petit burlingue. Il y a aussi deux jeunes gars derrière des ordinateurs.

Il a attendu un moment pour ménager ses effets.

— Et puis j'ai eu l'insigne honneur de serrer la louche à Charvet. Ensuite je me suis cassé vite fait. Pas la peine de leur mettre la puce à l'oreille.

— Il est comment, Charvet?

— Phénoménal. J'ai failli tomber à la renverse. Mais je préfère te laisser la surprise. Tu l'identifieras facilement : un peu moins de 1,80 mètre, gras du bide, costume clair, cravate, cheveux gris, moustache.

J'ai eu beau le tanner pendant dix minutes, il n'a pas

voulu m'en dire davantage. Je m'entends à merveille avec lui, mais il fait parfois des caprices qui ont le don de me mettre hors de moi. Nous avons donc boudé chacun dans notre coin, jusqu'à ce que je ressorte du petit soum vers midi et quart pour aller me reposter sur le boulevard Blanqui.

À 12 h55, un type gras du bide en costume clair et cravate est sorti de l'immeuble avec une des filles de la veille. J'étais trop loin pour observer ses traits, c'est tout juste si je distinguais sa moustache. Ils se sont séparés sur le trottoir, la fille partant vers la place d'Italie. Alain Charvet a remonté la rue de la Glacière vers le nord, traversé le boulevard Arago, et finalement débouché sur le boulevard de Port-Royal.

Soudain, j'ai aperçu un type planté sur le trottoir d'en face, juste à côté d'un restaurant, qui lui faisait de grands gestes. J'en ai déduit qu'ils avaient rendez-vous pour déjeuner. Tandis que Charvet attendait pour emprunter sagement le passage clouté, j'ai traversé le boulevard au péril de ma vie, de manière à le devancer.

— Salut, Alain ! s'est écrié son ami, un petit bonhomme chauve à l'air jovial.

— Salut, vieux, a répondu Charvet.

J'en ai profité pour me retourner vers celui-ci.

Une stupeur totale m'a envahie. Ça n'a pas duré longtemps, une ou deux secondes au maximum, mais durant ce laps de temps j'aurais pu faire n'importe quoi : pousser un hurlement de pintade hystérique ou, comme l'avait dit Jean-Louis, tomber à la renverse.

Je me suis reprise à temps, et j'ai continué mon chemin pendant qu'ils entraient dans le restaurant.

Alain Charvet pesait au moins quinze kilos de plus, il avait les yeux marron et non pas clairs, il portait la moustache et des cheveux très courts. Mais ces différences mises à part, il ressemblait comme deux gouttes d'eau au commissaire divisionnaire Lediacre.

Cela n'avait rien de stupéfiant, car Lediacre possédait un physique passe-partout. Si on prend au hasard dans la rue cent Parisiens de cinquante balais, il y en aura bien une dizaine qui présentera des points communs avec lui. Taille légèrement au-dessus de la moyenne, traits peu accusés, nez moyen, menton normal, cheveux poivre et sel encore bien fournis : il ne possédait aucune caractéristique marquante. Mais là, quand même, j'étais sciée.

Jean-Louis Pommérieux, qui m'avait suivie à distance respectable, venait d'arrêter la camionnette un peu plus loin et de brancher ses warnings. Je me suis dépêchée de monter à bord.

— Ça doit être son frère, tu ne crois pas?

J'ai éclaté de rire. Comme toujours, il en a rajouté une couche :

— La mère du patron devait avoir un amant au Havre. Je ne vois pas d'autre solution.

Dès que j'ai retrouvé mon sérieux, je me suis retournée vers le restaurant.

— Est-ce que tu peux reculer de 50 mètres, Jean-Louis?

Aussitôt dit, aussitôt fait, malgré les coups de Klaxon scandalisés (il est assez rare que les gens fassent des marches arrière sur le boulevard de Port-Royal).

À présent, l'angle de vision était bon. J'ai sorti une paire de jumelles de la boîte à gants, et je les ai braquées sur les vitres du restaurant. Charvet était à moitié masqué par les convives de la table voisine, mais je distinguais parfaitement les épaules et la tête de son copain. Ils étaient en train de lire le menu.

— Je l'appelle?

— Je crois que ça s'impose, m'a répondu Jean-Louis.

J'ai saisi mon portable et appuyé sur un numéro préenregistré. Lediacre a décroché presque tout de suite.

— Oui, Hélène ?

— Euh… Patron, il faudrait que vous veniez.

N'importe qui aurait demandé pourquoi. Lediacre, lui, ne posait jamais de questions inutiles une fois qu'il vous avait accordé sa confiance. C'est une toute petite chose, mais qui fait drôlement plaisir.

Il m'a dit simplement :

— Où êtes-vous ?

— Sur le boulevard de Port-Royal, entre le Val-de-Grâce et les Gobelins. En face d'un restaurant où Charvet déjeune avec un ami. On va monter le petit soum sur le trottoir pour avoir une meilleure vue. Vous avez le temps, Charvet n'a même pas encore commandé.

— Je serai là dans trois quarts d'heure.

Jean-Louis est donc grimpé sur le trottoir et a disposé le petit soum en biais, près d'un arrêt de bus, de manière que le hayon soit dirigé vers le restaurant. Un petit sous-marin, comme vous ne le savez peut-être pas, est une camionnette équipée d'une vitre sans tain à l'arrière, d'une ou deux banquettes latérales, et d'un rideau pour que les gens ne puissent pas voir par le pare-brise ce qui se passe à l'intérieur.

Le visage d'Alain Charvet, désormais, se dessinait de profil dans l'objectif de mes jumelles. Je n'aurais pas pu préciser ce qu'il mangeait, mais sans l'ombre d'un doute c'était du vin rouge qu'il buvait, et pas à doses homéopathiques. C'est fou ce que ça donne faim d'observer deux lascars en train de se goinfrer dans un restaurant. Et pour une fois, je n'avais même pas prévu un paquet de petits gâteaux.

Nous n'avons été dérangés qu'une seule fois, par un

frottement à l'avant du véhicule. Pommérieux a écarté le rideau de quelques millimètres.

— Bof! C'est une contractuelle qui nous colle une prune.

Un peu plus tard, quelqu'un a frappé à la portière du passager. Jean-Louis est allé ouvrir, et Lediacre est venu nous rejoindre sur la banquette.

Je lui ai tendu les jumelles.

— Je vous laisse ma place, patron. Charvet est de profil. C'est celui qui porte une veste claire et une cravate dans des tons jaunes sur une chemise bleu marine.

Lediacre a balayé les vitres du restaurant, avant de s'immobiliser sur notre client. Après une minute d'observation silencieuse, il a hoché la tête en me rendant les jumelles.

— Je crois deviner ce à quoi vous pensez. Ils en sont au café. Attendez-moi ici.

Et il est ressorti du petit soum. Ce n'était pas sorcier de deviner ce qu'il allait faire.

Cinq minutes plus tard, les deux hommes ont poussé la porte du restaurant et se sont balancé de grandes claques dans le dos sur le trottoir. Charvet a rejoint le passage clouté et traversé la chaussée. Il retournait de toute évidence à son bureau. En arrivant de l'autre côté du boulevard de Port-Royal, il a frôlé, sans en avoir conscience, un homme du même âge que lui, de la même taille, mais vêtu d'un costume beaucoup plus classique.

Nous sommes rentrés ensemble rue du Docteur-Verdier. Pommérieux au volant, Lediacre à côté de lui, et moi sur la banquette arrière.

Le commissaire a attendu Denfert-Rochereau pour se retourner vers moi.

— Vous trouvez vraiment qu'il me ressemble? m'a-t-il demandé sur le ton du gars qui n'a pas encore décidé s'il allait se pendre, ouvrir le gaz ou se tirer une balle dans le caisson.

— Énormément, patron. Si vous lui retirez quinze kilos et les moustaches, c'est dingue.

— Et vous, Jean-Louis ?

— Pareil qu'Hélène, a répondu Jean-Louis en se gondolant.

Lediacre s'est pris le front entre le pouce et l'index, le coude appuyé contre sa portière.

— C'est une expérience que je ne souhaite de vivre à personne. Je ne me suis jamais fait d'illusions sur mon physique. Même quand j'avais vingt ans, je n'ai jamais provoqué le moindre éclair de concupiscence dans le regard des femmes. Mais dans mes pires accès d'humilité, je ne pensais pas ressembler à cela.

Il a continué son petit numéro pendant un moment, avant d'ajouter :

— Bien entendu, vous avez l'un et l'autre mesuré les perspectives vertigineuses qui nous sont ouvertes par cette humiliante coïncidence ?

7

Lorsque Lediacre a décidé de s'intéresser de près à Charvet, cela signifiait entre autres la mise sur écoutes de ses communications téléphoniques.

Sur le plan technique, tout est possible : on peut surveiller les fixes, les portables, les mails, les SMS. Mais même dans le cadre d'une enquête préliminaire, il faut obtenir l'autorisation du parquet – démarche impensable pour Lediacre. Heureusement, on pratique des écoutes un peu moins légales, « hors procédure », dans les sous-sols des Invalides, sous l'œil maternel de la gendarmerie. Normalement, ces branchements sauvages exigent de recevoir l'aval du Premier ministre ; dans les faits, il suffit d'avoir des amis à la DST. Et Lediacre rendait parfois de menus services à certains responsables du contre-espionnage…

Jean-Louis et moi sommes allés voir notre contact habituel à la DST, Christian, un technicien hors pair. Comme il ne faut pas exagérer, même avec les amis, nous avons laissé tomber le fixe professionnel de Charvet, car cela aurait obligé Christian à faire brancher une sonde par France Télécom dans le répartiteur de communications du quartier dont partait physiquement la ligne. C'était beaucoup plus facile de nous concentrer sur son mobile.

Quarante-huit heures après cette entrevue, l'affaire était réglée. Christian nous a remis un téléphone portable qui était en quelque sorte le « frère jumeau » de celui de Charvet. Plus besoin de se déplacer, ni de rester des heures entières avec des écouteurs sur les oreilles : un signal nous prévenait chaque fois que Charvet donnait ou recevait un appel, si bien que nous pouvions vaquer à nos occupations tout en restant aux aguets. C'était vraiment d'une souplesse formidable : Jean-Louis et moi pouvions nous relayer en nous refilant simplement le portable.

De mon côté, je me suis penchée sur l'enlèvement de l'équipe du SHE dans le Caucase au début des années 1990. Lediacre jugeait prématuré d'entrer en contact avec des étrangers; j'ai donc écarté le médecin canadien et le prothésiste belge. En ce qui concernait Ali le Tchétchène, il fallait attendre d'avoir des nouvelles de l'indicateur de Pommérieux incarcéré à la centrale de Melun. Restaient les deux infirmières.

Je n'ai eu aucun mal à retrouver la première, qui travaillait au CHU de Rennes. Malheureusement, elle appartenait à la confrérie des esprits libres qui haïssent la police nationale. Je ne vous retranscrirai pas notre conversation téléphonique, qui s'est limitée de son côté aux sempiternels « Je n'ai rien à dire aux flics » et autres « Pourquoi les chiens de garde du capital veulent-ils déterrer une histoire vieille de quinze ans? » Je jure que je n'invente rien, elle m'a vraiment traitée de « chien de garde du capital ». Il ne manquait que le « Mort aux vaches ! » de papa, et si elle ne m'a pas fait de bras d'honneur, c'est parce c'est difficile au téléphone.

L'autre infirmière était employée dans le service de gériatrie d'une clinique lyonnaise. Et beaucoup plus aimable.

Comme son témoignage pouvait être précieux, je lui ai dit que j'étais à sa disposition pour venir la voir.

— Vous allez faire l'aller et retour en TGV?

— Oui, bien sûr. C'est important pour moi de vous rencontrer en chair et en os.

— Vous n'avez rien d'autre à faire à Lyon?

— Non.

— Eh bien on n'a qu'à se voir à la gare de la Part-Dieu, ça vous fera gagner un peu de temps.

Ce n'était qu'un détail, une petite attention, mais dans mon métier, où on côtoie par définition les 5 % de Français les plus lamentables, je n'ai pas honte de reconnaître que je suis extrêmement sensible à la moindre gentillesse.

Catherine Despuech m'attendait au bout du quai. Nous nous sommes retrouvées aussitôt, car nous étions convenues de porter toutes les deux une écharpe rouge. C'était une grande maigre âgée de quarante-deux ans, avec des cheveux gris coupés court et un sourire désarmant scotché en permanence sur les lèvres.

Nous sommes allées nous installer dans un café du centre commercial attenant à la gare, et après les politesses d'usage et la comparaison rituelle entre Lyon et Paris, nous sommes remontées dans le temps.

— J'étais jeune à l'époque, je voulais voyager. Alors j'ai travaillé comme bénévole pour le SHE. Et j'ai rencontré Pierre-Guillaume. C'est lui, d'ailleurs, qui nous a accompagnés jusqu'en Azerbaïdjan.

— Il était comment?

Elle a pouffé :

— Mignon. Il avait la réputation d'être irrésistible. En tout cas, moi, je n'ai pas résisté. De toute façon, je ne me suis jamais fait beaucoup prier pour passer à la casserole!

Nouveaux rires. Avec son long corps maigrelet, son

visage ascétique et son sourire de bonne sœur, on l'imaginait mal en grosse consommatrice de mâles, mais bon, chacun s'amuse comme il veut.

— On a franchi la frontière pour créer un dispensaire dans la montagne. Et un mois plus tard ils nous ont kidnappés.

Elle m'a raconté ce que je savais déjà : les vingt-trois jours de détention dans une bergerie, la bouillie infâme qu'on leur servait, le manque total d'hygiène, le froid, le travail d'interprète d'Ali le Tchétchène.

— Vous n'avez jamais eu de soupçons à l'égard d'Ali ?

— Sur le coup, non. Vous savez, quand on nous a libérés, nous étions très affaiblis, très choqués. Moi, je n'avais qu'une idée : rentrer en France.

— Vous savez que le médecin canadien a déclaré à la presse de son pays qu'il y avait quelque chose de louche dans cet enlèvement, que cela sentait l'arnaque à plein nez.

— Il paraît, oui. C'est vrai que je ne me suis pas montrée très curieuse. J'ai mis plusieurs mois à reprendre le dessus, et là... il fallait bien que la vie continue.

Elle est revenue sur plusieurs points relatifs au kidnapping proprement dit, avant d'évoquer la dissolution du groupe. Aussi étrange que cela puisse sembler, elle n'avait jamais revu aucun des membres de l'équipe.

— Tu vois, Hélène (au bout d'un quart d'heure, nous en étions arrivées au tutoiement), une expérience comme ça, ça bousille beaucoup de choses, beaucoup d'illusions. Et en même temps ça t'oblige à te remettre en question. Moi, je me suis dit qu'avant d'aller aider les gens aux quatre coins du monde, il fallait peut-être regarder autour de soi. Et puis le SHE, comme la plupart des ONG, s'occupait surtout des enfants. C'est adorable, les enfants. C'est si facile d'avoir de la compassion pour un bout de chou. Moi, j'ai décidé de m'occuper des vieillards en France.

Elle m'a parlé du sort de nos grands-mères, abandonnées par les familles, rejetées par la société, enfermées dans des mouroirs – enfin, tout le discours sur le ghetto du troisième âge. Je l'ai écoutée patiemment, parce que c'était tout de même sa raison de vivre qu'elle me livrait. Dès que j'ai pu, je l'ai remise sur les rails :

— Catherine, si tu as accepté sans hésiter cette rencontre, c'est parce que tu t'es posé des questions. Cela ne t'a pas paru absurde que la police te contacte après toutes ces années.

Elle a réfléchi un bon moment, puis elle a repris d'une voix différente, plus grave, plus basse :

— En temps normal, je n'y pense pas. Le soir, je m'endors comme une pierre. Mais il m'arrive souvent de me réveiller au milieu de la nuit, et là, le film recommence à tourner sans que je puisse l'arrêter. Je revois Ali discuter avec nos geôliers de manière... disons... un peu trop familière. Je revois le visage de Pierre-Guillaume quand nous l'avons retrouvé à Bakou. Il faisait mine d'être fou de joie. À l'entendre, c'était le plus beau jour de sa vie Mais au fond de lui, il était froid. Froid! Glacial!

— Tu as dû faire le rapprochement entre le versement de la rançon aux ravisseurs et quelques mois plus tard l'inexplicable amélioration de la situation financière du SHE.

— Je ne suis pas complètement idiote... Les mauvaises langues disaient qu'il vendait souvent des 4×4 en faisant croire qu'ils avaient été volés, mais nous essayions de nous convaincre qu'il agissait ainsi pour la bonne cause. Pourquoi n'aurait-il pas aussi trafiqué avec des otages?

Catherine Despuech avait les larmes aux yeux.

— La nuit, quand je repense à tout ça, il y a un visage qui me hante. Celui de Patrick.

— Tu veux parler de votre logisticien, qui a été abattu lors d'une tentative d'évasion.

— C'est ce que nous a raconté Ali. Moi, j'ignore comment il est mort. On l'a séparé du reste de l'équipe dès le premier jour, et on n'a plus jamais eu de ses nouvelles. On n'a jamais retrouvé son corps. Il s'est carrément volatilisé dans la nature. Je revois aussi le visage de son père.

— Son père ?

— Oui, son père. Il est venu me voir ici, à Lyon, quelques mois après la disparition de Patrick. Je me rappelle qu'il ne portait pas le même nom. Patrick s'appelait Phuong, et il était à moitié vietnamien. Sans doute par sa mère, parce que son père était entièrement blanc et avait un nom français.

— Tu te souviens de son patronyme ?

— Un nom très commun. Legrand, Legros, Lebrun… Quelque chose dans ce goût-là.

— Et que lui as-tu dit ?

— La vérité. Que Patrick était un type formidable. Qu'il se donnait à 100 % dans son travail. Qu'il avait réellement un don pour se lier avec les populations. Que sa mort nous avait tous bouleversés, et que moi ça m'avait foutue en l'air.

De nouveau, ses yeux se sont embués. J'ai songé qu'elle avait dû aussi passer à la casserole avec Patrick Phuong, mais évidemment j'ai gardé ça pour moi.

— Je lui ai dit aussi qu'il avait un sacré caractère, et qu'avant de franchir la frontière il avait eu une engueulade retentissante avec Pierre-Guillaume.

— À quel propos ?

— Patrick n'a pas voulu nous en parler. Il m'a simplement dit que c'était la dernière fois qu'il partait en mission pour le SHE. Son rêve, c'était d'entrer à Médecins sans Frontières, à Handicap International, à l'Unicef, dans ce qu'il appelait « un truc sérieux ».

Nous avons encore discuté pendant une heure, puis elle m'a raccompagnée dans la gare, et elle m'a fait la bise comme à une vieille copine.

Il est d'usage de comparer les flics à des limiers. Moi, dans mon TGV, j'avais les babines retroussées et la queue qui frétillait. L'odeur du gibier se précisait.

Deux jours plus tard, vers 11 heures du matin, j'ai reçu un coup de téléphone de Pommérieux :

— Hélène? Je suis chez Auchan, au Blanc-Mesnil. Je vois une cousine dans vingt minutes. Et Charvet vient de recevoir un coup de fil intéressant.

— Tu as pu l'écouter sur le « jumeau »?

— Oui, oui, j'étais peinard dans un café. Donc, le mec qui l'appelle est un de ses potes, ils se tutoient. Grosses blagues, puis discussion entre initiés à laquelle je n'ai pas compris grand-chose. Mais à un moment donné, le mec lui propose une bouffe mardi de la semaine prochaine. Charvet lui répond : « Mardi, normalement, je ne suis pas là. J'en aurai la confirmation tout à l'heure. » Et le mec lui sort : « Tu me rapporteras du chocolat de chez les Helvètes? » La vanne super-éculée, mais ça les a quand même fait marrer…

— Tiens, tiens, une petite balade en Suisse. Tu veux que j'en parle au patron?

— Oui. Ça devrait l'intéresser.

Quand je suis entrée dans son bureau, Lediacre était en train de pianoter sur le clavier d'un de ses deux ordinateurs. Il m'a prêté une oreille apparemment distraite pendant que je lui répétais ce que m'avait dit Jean-Louis, sans s'arrêter de taper. Puis il a étiré ses bras en bâillant discrètement, et il a consulté sa montre.

— Quel est le mot important prononcé au cours de cette conversation, Hélène ?

— Je ne sais pas. « Helvètes » ?

— C'est un nom propre. Or, je pensais à un nom commun.

— « Mardi » ?

— Non, Hélène. C'est le mot « confirmation ». S'il se rend dans un des grands organismes internationaux installés au bord du lac Léman, ou au siège d'une ONG, il recevra cette confirmation par fax, mail ou appel téléphonique officiel. Si au contraire son voyage a un motif beaucoup plus prometteur, il téléphonera à partir d'une cabine publique. Il est 11 h 15. Vous pouvez être de faction devant les bureaux de MÔMES avant midi.

Et il s'est retourné vers son écran d'ordinateur.

Je suis sortie de la station de métro une demi-heure plus tard, et je suis allée me poster au coin de la rue de la Glacière. À une heure moins le quart, Alain Charvet est apparu sur le seuil de l'association. Il a bavardé quelques instants avec un jeune gars et une des filles que je connaissais déjà, avant de reprendre le chemin du restaurant où nous l'avions suivi quelques jours auparavant.

Ai-je besoin d'ajouter qu'il s'est arrêté en route pour passer une brève communication (moins de deux minutes, montre en main) dans une cabine publique ?

Les gens n'imaginent pas à quel point c'est fatigant de travailler sous les ordres d'une créature bionique surgie des vortex maléfiques de l'Espace-Temps.

8

Le mardi suivant, aux aurores, j'ai rejoint Lediacre à la gare de Lyon. Dissimulés au milieu d'un petit groupe de voyageurs, nous nous sommes assurés qu'Alain Charvet montait bien dans le TGV avant de gagner nos places.

La veille, Lediacre avait jugé utile de me rappeler que je ne devais pas emporter mon arme de service, ce qui m'avait vexée. Mais il avait ajouté que je devais également laisser en France ma carte de police, et là, il faut reconnaître que j'aurais pu oublier de la retirer de mon portefeuille. Nous allions en Suisse incognito, alors autant éviter de se faire repérer à la frontière.

Lediacre s'est plongé dans un dossier et ne m'a pas adressé la parole de tout le trajet. J'étais habituée.

Trois heures plus tard, nous étions à Genève. Nous sommes descendus rapidement du wagon et j'ai presque couru sur le quai afin de prendre Charvet en tenailles et d'éviter ainsi toute mauvaise surprise. J'ai passé la première les deux contrôles de police – française, puis suisse. Charvet me suivait avec un intervalle d'une dizaine de personnes, et Lediacre fermait la marche en respectant là encore une distance de sécurité.

Il faisait un soleil magnifique pour un début avril, et dès la sortie de la gare tout m'a paru riche, propre, soigné, cossu. Suisse, quoi. Pas un papier par terre, pas un tag sur les murs, pas une seule bagnole pourrie.

Nous avons tout de suite constaté que personne n'attendait Charvet et qu'il n'avait pas l'intention de prendre de taxi. Lediacre a donc adressé un signe négatif à une femme assise au volant d'une Volkswagen gris métallisé : à l'évidence, il avait prévenu un de ses contacts à Genève, et des flics locaux se tenaient prêts à nous filer un coup de main en cas de besoin.

La filature pédestre a commencé dans les règles de l'art : moi 40 mètres derrière Charvet, et Lediacre 40 mètres derrière moi. Malgré son gros ventre, l'ancien escroc de la Caisse d'Épargne était un bon marcheur. Il ne s'est pas retourné une seule fois. Il s'est juste arrêté quelques instants sur le pont qui enjambe le Rhône, pour profiter du paysage.

C'était la première fois que je venais à Genève, et je pouvais me rendre compte que c'était une belle ville, prospère, avec partout des banques, encore des banques, toujours des banques. Et pas de petites agences minables au coin des rues, comme à Paris, mais des immeubles entiers, avec des enseignes gigantesques jusque sur les toits. J'avais beau être une Bécassine dunkerquoise, je me doutais bien qu'Alain Charvet n'avait pas fait le voyage dans le seul but d'acheter du chocolat.

En atteignant un réseau de petites rues piétonnes, je me suis laissé doubler par Lediacre, qui m'a relayée en première ligne. Une précaution inutile, car Charvet est entré presque aussitôt dans un immeuble moderne portant le sigle de l'Union des Banques Suisses.

Nous sommes allés nous poster un peu plus loin, devant

la vitrine d'une librairie, entre une bijouterie et une boutique de pulls en cachemire démentiellement chers. Là encore, nous avons scrupuleusement respecté les principes fondamentaux : alternance et diversité. Tandis que Lediacre gardait les yeux fixés sur le hall d'entrée de la banque, je me suis écartée dans une rue transversale pour changer de couleurs : j'ai retiré mon bonnet de laine et mon écharpe vert pomme, et j'ai sorti de mon sac en bandoulière un bonnet à rayures et une écharpe mauve.

Au bout d'une demi-heure, j'ai vu Lediacre se croiser ostensiblement les mains derrière le dos. C'était le signe convenu pour m'annoncer que Charvet venait de réapparaître, et qu'il continuait son chemin sans revenir vers nous. J'ai emboîté le pas à Lediacre, à 30 mètres de distance. Dans ces rues tortueuses, Charvet demeurait invisible les trois quarts du temps, ce qui signifiait que lui non plus ne pouvait pas nous repérer si jamais il se retournait. Deux minutes plus tard, j'ai rejoint Lediacre, qui s'était arrêté au bord du caniveau.

— Il est entré dans l'immeuble du coin. La Banque de Lucerne.

C'était mon tour de surveiller la porte. Je me suis carrément assise sur un banc, tandis que Lediacre s'évaporait dans la nature.

De nouveau, l'attente a duré environ une demi-heure. Et le petit manège a continué. Cette fois-ci, Charvet a regagné les bords du Rhône et est entré dans un restaurant. Il était 13 heures passées, et ce n'était pas le genre de client à sauter un repas.

Lediacre m'a rejointe. Entre-temps, il avait abandonné sa casquette à carreaux style *gentleman-farmer* et retourné son manteau réversible : l'imperméable beige à emmanchures raglan s'était métamorphosé en un pardessus en tweed brun-gris.

— On essaye de voir s'il déjeune avec quelqu'un ?

— Non, Hélène. Ce serait trop bête de se brûler. Laissons cela à nos collègues suisses.

J'ai suivi son regard. La Volkswagen de la gare venait de se ranger le long du quai. La même femme était au volant. La portière du passager s'est ouverte, et un grand type en anorak noir est sorti et s'est dirigé tout droit vers le restaurant.

La Volkswagen gris métallisé a redémarré. Quelques minutes plus tard, après avoir fait le tour du pâté de maisons, elle s'est arrêtée à notre hauteur. La conductrice a abaissé sa vitre électrique. Elle avait des cheveux blonds légèrement grisonnants, de bonnes joues et un petit sourire aux lèvres.

— Vous voulez un casse-croûte ?

Elle nous a tendu un grand sac en papier contenant quatre sandwiches au pain de mie et deux gobelets de café comme on en vend dans les fast-foods. Lediacre a à peine eu le temps de la remercier qu'elle avait déjà appuyé sur le champignon.

Il était presque 15 heures lorsque Charvet est réapparu au grand jour, en compagnie d'un couple très bien habillé et âgé d'une quarantaine d'années, pour autant que je puisse en juger d'aussi loin. Il a pris congé d'eux et est reparti vers le centre-ville tandis que le couple s'immobilisait au bord du Rhône pour contempler l'eau courante.

Lediacre a accéléré le pas pour ne pas lui laisser trop d'avance, et je l'ai suivi tête nue, avec une écharpe jaune vif. Vous ne devinerez jamais où s'est rendu Alain Charvet. Eh oui, dans une troisième banque ! Le Crédit Vaudois, pour changer. Et savez-vous combien de temps il est resté à l'intérieur ? Une demi-heure, oui, à peu près.

À 15h45, il est entré dans une chocolaterie, et de là il a regagné la gare d'un pas guilleret. À 16h15, sa journée de travail était terminée.

Au lieu de le filer à l'intérieur du bâtiment, Lediacre m'a entraînée vers une Audi vert foncé garée sur le parking. Il est monté à côté du conducteur et m'a fait signe de m'installer à l'arrière. Lediacre a fait les présentations :

— Capitaine Hélène Vermeulen, mon adjointe. Guy Scheinmann, le numéro 3 de la police judiciaire genevoise.

Scheinmann était un peu plus jeune que Lediacre, chauve comme un genou, et il portait des lunettes en acier avec de gros verres de myope.

— Enchanté, a-t-il dit en riant. Je me demande comment vous pouvez supporter un patron pareil !

— Je ne le sais pas moi-même, monsieur. C'était ça ou les carmélites...

Au moment où il s'apprêtait à répondre, son portable s'est mis à jouer un opéra de Verdi, *Aïda*, *Nabucco*, *la Traviata*, un truc comme ça, je suis ignare en musique classique.

Après avoir écouté en silence, il nous a emmenés dans une belle brasserie, où nous avons commandé des cafés.

— Cette conversation n'a jamais eu lieu, a dit Scheinmann.

— Cela va de soi, a murmuré Lediacre. Le capitaine Vermeulen et moi n'avons jamais mis les pieds en Suisse. Je te connais à peine, Guy, et je ne t'ai pas vu depuis des années.

— Bon. Les Français sont d'excellents clients pour nos établissements bancaires, et ils sont très attachés à la confidentialité des opérations. Votre estimé compatriote s'est d'abord rendu à l'UBS, où il a la signature sur un compte tout ce qu'il y a de plus réglo, au nom de la branche helvétique de MÔMES. Il y a des mouvements importants et réguliers sur ce compte, avec des partenaires au sein de la Confédération, mais surtout à l'étranger. Disons que l'argent arrive des pays membres de l'OCDE et part vers des pays en voie de développement.

— Des riches vers les pauvres, cela semble assez logique pour une ONG.

— Absolument. Le deuxième compte, celui de la Banque de Lucerne est plus… discret, dirons-nous. C'est un compte numéroté, conjoint, avec deux signatures : celle de M. Alain Charvet, et celle de M. Pierre-Guillaume Heuzé. Beaucoup de dépôts en liquide. Peu de retraits.

— As-tu une idée du montant ?

— Oui. Près de 880 000 francs suisses, soit 540 000 euros.

— Hum, hum, 540 000 euros…

— L'appel que je viens de recevoir sur mon mobile concerne la troisième banque, le Crédit vaudois. Cette fois-ci, il s'agit d'un compte numéroté dont l'unique titulaire est M. Alain Charvet. Dépôts en espèces. De petites sommes, mais régulières. Pour un total de 420 000 francs suisses, soit 260 000 euros.

— Hum, hum, a répété Lediacre. Cela évoque nettement la technique des entonnoirs.

— C'est également mon impression.

— Charvet et Heuzé pratiquent des prélèvements sur le compte de leur association pour alimenter une sorte de caisse noire.

— Ça y ressemble beaucoup, en tout cas, a dit Scheinmann. Et Charvet fait des ponctions dans la caisse noire pour se constituer un bas de laine personnel.

— Vraisemblablement à l'insu de son ami.

— Tu m'as bien dit que ce Charvet a travaillé à la Caisse d'Épargne, qu'il a fait de la prison pour escroquerie, et que c'est Heuzé qui l'a remis en selle ?

Lediacre a opiné du chef :

— Jolie façon de lui manifester sa gratitude.

— Si tu savais comme ce genre de choses est courant à Genève ! Nous autres flics, nous nous prenons pour de fins connaisseurs de la nature humaine. Mais nous sommes des enfants de chœur à côté des banquiers suisses.

— J'ai toujours rêvé d'être un banquier suisse, a soupiré Lediacre.

Ils ont bavardé de choses et d'autres en sirotant une nouvelle tournée de cafés. Il restait une dernière question à régler, et je me doutais bien que nos collègues étaient en train de s'en occuper.

Au bout d'une heure environ, la conductrice de la Volkswagen gris métallisé est entrée dans la brasserie. Guy Scheinmann s'est levé pour la rejoindre. Ils sont ressortis sur le trottoir, et j'ai vu à travers les vitres qu'elle lui faisait son rapport. Lediacre, perdu dans ses pensées, ne s'était même pas donné la peine de suivre son ami des yeux.

Scheinmann est revenu s'asseoir à notre table.

— Ça y est. J'ai des renseignements sur le couple avec lequel Charvet a déjeuné. Ils ont longtemps flâné en ville, et il a fallu attendre qu'ils rentrent à leur hôtel pour avoir leur identité. Mark et Lucy Shaffner, nationalité américaine, âgés respectivement de quarante-trois et quarante ans, domiciliés à Oak Park. Je ne sais pas où c'est.

— Dans la banlieue de Chicago, a dit Lediacre, qui avait dû avaler une encyclopédie quand il était petit.

— Ah ! oui, tu as raison, si j'en crois leurs billets d'avion. Ils sont arrivés hier à Cointrin en provenance de Londres, et ils rentrent directement à Chicago demain.

— Guy, je ne sais pas comment te remercier.

Le policier suisse m'a alors prise à témoin.

— Voulez-vous dire à votre patron de se taire. J'ai une

telle dette envers lui que le jour où je pourrai accepter ses remerciements n'est pas près d'arriver.

Il n'était pas le seul. Sans parler des Français qui lui devaient tout ou partie de leur carrière, j'avais déjà rencontré un Italien à Milan et un Allemand à Paris, qui de toute évidence n'avaient pas oublié les services qu'il leur avait rendus. Le plus curieux, c'est que tous ces fonctionnaires hauts placés étaient des gens très sympathiques. Il n'y avait pas de place pour les ingrats et les petzouilles dans le système Lediacre.

Juste avant de remonter dans l'Audi de Scheinmann pour aller attraper le prochain TGV, il a dit quelque chose que je n'ai pas compris sur le coup, mais dont je devais me souvenir par la suite. Car Lediacre était toujours en avance sur la musique.

— Pour beaucoup d'hommes, ce n'est pas très grave de ne pas avoir d'enfants. Les femmes, elles, ont tendance à moins bien l'accepter.

9

Le surlendemain, nouveau rendez-vous de bon matin avec Lediacre, cette fois-ci à Orly-Ouest. Destination l'aéroport de Nice. Il y a des enquêtes, comme ça, qui nous amènent à beaucoup nous balader.

Vous vous demandez peut-être ce que devenait Pierre-Guillaume Heuzé pendant ce temps-là. Eh bien, aux dernières nouvelles, il était toujours en Thaïlande ou dans un pays voisin.

Tel le jeune Bonaparte en Italie, Lediacre avait donc amorcé un mouvement tournant, de manière à couper l'adversaire de ses alliés, avant de lancer une offensive frontale fulgurante.

J'étais d'ailleurs à l'origine de cette nouvelle piste. Lors de notre entretien à Lyon-Part-Dieu, Catherine Despuech, l'infirmière enlevée dans le Caucase, m'avait révélé que le père du jeune Français disparu l'avait contactée jadis. Et Lediacre, Dieu sait comment, avait retrouvé sa trace.

Dès que nous avons pris place dans l'avion, il m'a tendu une feuille d'imprimante, que j'ai parcourue d'un trait :

PETIT, Jacques Marcel René Simon.

Né le 24 mars 1929 à Albert, Somme.

1952 : sort de Saint-Cyr.

1953-1954 : sous-lieutenant au Tonkin.

1954 : rapatrié pour maladie. Épouse une ressortissante vietnamienne, Marie Phuong, qu'il peut ainsi ramener en métropole.

1957-1958 et 1960 : séjours en Algérie.

1960 : naissance de son fils Patrick Petit, qui adoptera par la suite le patronyme de sa mère.

1961 : interrogé à deux reprises par la Sécurité militaire, qui le soupçonne de sympathies pour l'OAS.

1967 : quitte l'armée avec le grade de commandant (chef de bataillon).

1967-1971 : travaille à Amiens dans une compagnie d'assurances.

1971 : quitte la France et s'installe en Thaïlande. Sa femme et son fils restent à Amiens.

1992 : son fils Patrick Phuong disparaît dans le Caucase alors qu'il était employé comme logisticien par le Secours Humaniste Européen (SHE). Jacques Petit se rend sur place et passe un certain temps à Paris.

1997 : séjourne plusieurs mois en France, où il est traité pour un mélanome malin.

2005 : retour (définitif?) en France. Traitement anticancéreux à Nice et installation à Menton, Alpes-Maritimes.

Quand il a vu que j'avais fini, Lediacre m'a demandé ce que j'en pensais.

— Tout ça n'est pas très gai, patron. Jacques Petit abandonne son gamin de onze ans. Ledit fiston se fait fumer par Ali le Tchétchène à l'âge de trente-deux ans. Et maintenant, un cancer de la peau.

— Vous connaissez l'alexandrin de Corneille ? « La vie est un torrent d'éternelles disgrâces. »

Lediacre aimait citer ce genre de forte pensée sur un ton mi-figue, mi-raisin. Après tout, pourquoi la police n'aurait-elle pas le droit elle aussi d'apprécier les poètes ?

À Nice, il faisait un temps incroyable pour un début avril. Un ciel sans le moindre cumulus, et un soleil presque aveuglant. C'est vraiment un autre climat sur la Côte. J'ai retiré plusieurs couches de vêtements, et c'est en T-shirt que je suis montée avec Lediacre dans un taxi. Celui-ci nous a conduits à Menton, dans une artère parallèle au front de mer, l'avenue Félix-Faure. C'est joli, Menton, mais moi j'étoufferais vite entre la Méditerranée et la montagne qui se dresse juste derrière.

Jacques Petit habitait dans un immeuble des années 1960, ni chic ni moche. Nous avions rendez-vous avec lui à 14 h 30.

Il nous a ouvert la porte d'entrée par l'interphone, et nous sommes montés au cinquième. Un vieux birbe sec comme un coup de trique nous attendait sur le seuil de son studio. Taille moyenne, plus un poil sur le caillou, et des taches foncées partout sur la figure.

— Si ça ne vous ennuie pas, je préférerais que nous allions discuter dehors. C'est un vrai clapier chez moi.

Par la porte entrouverte, j'ai constaté que l'intérieur était spartiate. Un lit, une table pliante, une chaise, et des malles en métal vert bouteille empilées les unes sur les autres. La cuisine, qu'on apercevait à moitié derrière une sorte de rideau en accordéon, était aussi vide. J'avais peine à croire que le logement était occupé en permanence : on aurait dit une chambre d'hôtel, ou plutôt un bungalow de vacances en morte saison.

Il a suivi mon regard.

— À mon âge, on n'a plus besoin de grand-chose. Les bibelots, les tableaux aux murs, les photos encadrées, à quoi bon ?

— Vous avez vos souvenirs.

Il m'a longuement dévisagée, et j'ai compris que j'avais touché juste. Lediacre aussi a senti que le courant passait, et aussitôt il s'est mis en retrait. C'est le grand avantage de se connaître par cœur : on devine tout de suite avec qui le témoin se montrera le plus volubile.

Nous sommes remontés tous les trois dans l'ascenseur, et nous avons rejoint l'avenue Félix-Faure. De là, Jacques Petit nous a guidés jusqu'au port. Il portait des espadrilles, un pantalon de toile et une chemise beige de style militaire – la tenue qu'il avait dû adopter pendant toutes ces années en Thaïlande, et à peu de chose près celle d'un officier français aux colonies. Après avoir marché une dizaine de minutes, nous nous sommes assis tous les trois sur un banc libre, avec vue sur la plage des Sablettes.

Bien que quasi octogénaire, il faisait presque jeune au milieu des ancêtres arthritiques qui déambulaient sur le front de mer à 0,5 kilomètre à l'heure, remorqués par d'affreux petits chiens poilus du genre pékinois, yorkshire ou king-charles.

Pour lancer la conversation, j'ai eu soudain une idée lumineuse.

— Patron, vous avez la bio ? Après tout, nous n'avons rien à cacher à M. Petit.

Lediacre a sorti la feuille d'imprimante de sa sacoche sans aucune hésitation et l'a tendue au vieil homme. Celui-ci a pris des lunettes dans sa poche de chemise et l'a lue lentement. Puis il a retiré ses lunettes et regardé la Méditerranée, dont le bleu turquoise et l'immobilité me surprenaient. Pour une Dunkerquoise, habituée à la mer du Nord, c'était bizarre, toute cette eau lisse, endormie, sans une seule vaguelette jusqu'à l'horizon.

— Tout est vrai, a dit Jacques Petit. Et en même temps j'ai l'impression qu'il s'agit de quelqu'un d'autre. C'est comme s'il manquait tout ce qui a compté pour moi.

— Par exemple? ai-je demandé.

— Les femmes. Les Vietnamiennes, les Cambodgiennes, les Thaïs, les Birmanes... Quand je suis arrivé en Indochine en 1953, c'est ça qui m'a plu. Les femmes...

— Et vous en avez épousé une.

— Vous m'avez l'air bien jeune, inspectrice. Vous savez ce que c'est qu'une congaï?

— Oui, monsieur. C'étaient les compagnes indigènes des coloniaux.

— Comment savez-vous ça?

— Je regarde beaucoup de documentaires télévisés sur les chaînes d'histoire. Alors j'ai une petite idée de ce que vous avez vécu : le Tonkin, la guerre d'Algérie, l'OAS.

Il a secoué la tête plusieurs fois, en gardant les yeux fixés sur la mer.

— C'est bien. Au moins je ne parlerai pas dans le vide. Donc, ma congaï, je l'ai ramenée en métropole. Mais en France, elle est devenue française. Exigeante... Indocile... Plus jamais un sourire... La gueule de raie... J'ai tenu le coup pendant presque quinze ans, et puis je suis reparti en Asie.

— Elle vous a donné un fils.

Il n'a pas répondu, sans doute parce que j'avais voulu aller plus vite que la musique. Comprenant qu'il ne fallait pas le brusquer, j'ai attendu un bon moment avant qu'il reprenne la parole de lui-même.

— Ma vie, c'est ça, les femmes d'Asie. J'en ai eu tellement... Souvent deux dans la même journée... Alors à force, elles se mélangent dans ma mémoire. Comme si c'était la même. À part ça, RAS. Des ennuis, comme tout le monde, des choses insignifiantes. Voyez-vous, inspectrice, vous avez un pur raté en face de vous. En Indo, je n'ai même pas été blessé. On m'a rapatrié parce que j'avais chopé le palu. En Algérie, je n'ai pratiquement pas combattu. Je m'occupais d'un dépôt de munitions. Ça va vous décevoir, vous qui regardez l'histoire à la télé, mais je n'ai pas passé un seul fellouze à la gégène. Pas de corvée de bois non plus. Et je n'ai même pas eu les tripes de rejoindre l'OAS. J'avais une femme et un gosse...

C'était un peu gênant d'entendre quelqu'un vider son sac aussi rapidement. Je ne le connaissais pas une demi-heure plus tôt, et il était déjà en train de se confesser, comme si Lediacre et moi lui apportions l'extrême-onction. Assis entre nous, il contemplait son passé.

Je n'ai pas eu besoin de le relancer.

— Je suis reparti en 71, et j'aurais dû rester là-bas. Mais il aurait fallu que j'aie le courage d'y crever. Le soleil cogne dur en Asie, plus dur qu'à Amiens, et moi j'ai une peau de rouquin. Le cagnard, ce n'est pas bon pour les Picards... Vous êtes au courant pour le mélanome en 97. Les toubibs m'ont arrangé ça il y a dix ans, mais le crabe est revenu. Et cette fois-ci il ne me lâchera plus. Chez les vieilles peaux comme moi, c'est le cas de le dire, ça n'évolue pas vite. Mais d'après les toubibs, je n'en ai pas pour plus d'un an.

Nous étions tous les trois sur notre banc, tranquilles comme Baptiste. À droite, le port. À gauche, la plage. Droit devant, la mer. Les grands-papys et les grands-mamies baladaient leurs boules de poils entre les palmiers, histoire de réchauffer leurs rhumatismes.

Et Jacques Petit pleurnichait sur son sort. Il a dû s'en rendre compte, car pour la première fois il s'est tourné vers moi :

— J'imagine que vous n'avez pas fait tout ce chemin depuis Paris pour m'entendre raconter mes malheurs. C'est mon fils qui vous intéresse. Sur votre fiche, il est noté que je l'ai quasiment abandonné en 71. Ce n'est pas tout à fait vrai. J'ai continué à envoyer de l'argent à Amiens. Et je l'ai fait venir deux fois à Bangkok. Mais ça n'a pas marché… À cause de moi, sûrement. Et parce que sa mère lui montait le bourrichon contre moi. Très jeune, vers quinze-seize ans, il est devenu gauchiste. J'étais un suppôt du colonialisme, de l'impérialisme… Vous connaissez la chanson. Je crois aussi que ce n'était pas facile pour lui d'être à moitié blanc, à moitié asiatique. La dernière fois que je l'ai vu, c'était en 1976. Ensuite, on n'a pratiquement plus eu de contact. Un jour, il m'a écrit pour me dire qu'il avait décidé de prendre le nom de sa mère. Ça n'a pas été le plus beau jour de ma vie.

Jacques Petit s'est interrompu. Ses yeux étaient restés secs, son visage ne s'était pas décomposé, mais on sentait qu'il avait une boule dans la gorge.

— Je n'ai pas eu de nouvelles jusqu'en 92.

— Comment avez-vous appris l'enlèvement de votre fils ?

— Par sa mère. Elle était toujours là pour les choses pénibles. Je suis allé en Turquie, je suis passé en Arménie, j'ai essayé de franchir la frontière de l'Azerbaïdjan. Mais je n'étais pas dans mon élément. S'il s'était agi du Laos ou, je ne sais pas… de la Birmanie, j'aurais su quoi faire. Mais pas dans ces pays de merde… Les gens du consulat m'envoyaient sur les roses. Les gus des ONG, c'étaient des boy-scouts. Quand les autres membres de l'équipe ont été libérés, j'ai appris que Patrick était mort. Je suis rentré en France pour tenter d'en apprendre un peu plus long.

— Vous avez rencontré Catherine Despuech.

— Oui, l'infirmière… Une gentille petite. Elle aimait

bien Patrick. Et ce qu'elle m'a dit m'a rendu fier de lui. Il était devenu un homme bien.

— Et Pierre-Guillaume Heuzé ?

— Il m'a reçu, évidemment. Pour me dorer la pilule. Patrick par-ci, Patrick par-là. Le dévouement, le courage, l'engagement humanitaire... On devinait le faux-cul à 3 kilomètres. Mais qu'est-ce que je pouvais y faire ? Je n'avais aucune preuve. Je n'étais même pas sûr à 100 % que mon fils soit mort. Je sais qu'un toubib canadien a raconté aux journaux que l'enlèvement puait le coup monté à plein nez... J'ai tournicoté pendant deux mois à Paris. Et puis je suis rentré en Thaïlande.

Un long silence a suivi. Puis il s'est tourné vers moi :

— Vous avez des enfants, inspectrice ?

— Non, monsieur.

Pour la première fois depuis le début de l'entretien, il a pivoté vers Lediacre.

— Et vous, commissaire ?

— Oui. Une fille et un fils.

— Qu'est-ce que vous auriez fait à ma place ?

— C'est difficile de prévoir comment on réagirait dans ce type de situation. Néanmoins, et sans vouloir me vanter, je pense que je ne serais pas rentré en Thaïlande pour me taper deux filles par jour.

Lediacre s'était exprimé sur son ton coutumier, pondéré, courtois. Sa réplique n'en avait pas moins claqué comme un coup de fouet. Moi, je n'aurais jamais osé me montrer aussi cinglante, surtout avec un vieux bonhomme en train de mourir d'un cancer de la peau. J'étais presque choquée d'une pareille dureté.

Je connaissais trop bien Lediacre pour imaginer un seul instant qu'il ait agi par irritation. Sa violence verbale était le fruit d'un calcul froid et lucide. Jacques Petit était un ancien militaire : il avait donc l'habitude de se faire souffler dans les bronches. Un électrochoc ne pouvait lui être que salutaire.

Effectivement, il a encaissé.

— Vous avez raison. Je suis un queutard ! Un lamentable queutard ! Toute ma vie, j'ai été guidé par ma bite. Je ne suis qu'un queutard !

Je ne savais plus où me mettre. D'autant plus qu'une dame habillée tout en blanc, et qui avait au bas mot cent trente ans, passait devant nous juste à ce moment-là. Heureusement, elle avait dû débrancher son Sonotone.

Jacques Petit s'est vite calmé.

— Si vous saviez comme je me le reproche aujourd'hui. J'ai tout foiré avec mon fils quand il était vivant. C'est un peu ma faute, même beaucoup. Ce n'est pas toujours facile d'élever un enfant… Mais j'ai eu l'occasion de me racheter quand il est mort, et je ne l'ai pas saisie.

De nouveau, il regardait fixement la ligne d'horizon ; on aurait cru qu'il se parlait à lui-même, qu'il ressassait pour la millième fois ses échecs.

— Je n'ai même pas été capable de venger mon garçon. Mais je n'avais rien dans les mains, tout juste des rumeurs. La situation m'échappait. Ça s'était passé dans un pays inaccessible. Depuis, je n'ai pas arrêté d'y penser. Je crois avoir compris les dessous de l'affaire. C'est Heuzé qui a organisé l'enlèvement, n'est-ce pas, commissaire ?

Comme Lediacre ne répondait pas, il s'est tourné vers moi.

— C'est bien ça, inspectrice ?

— Nous ne sommes encore sûrs de rien, mais…

— Il a partagé la rançon avec les ravisseurs, hein ?

— Ce n'est pas impossible.

— Mon fils avait démasqué ce salopard, et il l'a fait assassiner par cette espèce de macaque ? Celui qu'on appelait Ali le Tchétchène ?

Je devais rester dans le vague, tout en l'encourageant à continuer.

— Nous devrions déterminer prochainement le rôle précis de cet individu.

Il s'est courbé en deux et s'est pris la tête à deux mains. Après avoir réfléchi un bon moment, il a dit d'une voix plus ferme :

— Si vous êtes venus me voir, je suppose que c'est parce que vous avez besoin de moi. Mais je vois mal ce que je peux vous apporter.

Alors Lediacre s'est levé du banc et s'est planté devant lui.

— Monsieur Petit, vous pouvez imaginer qu'il sera très difficile de faire condamner les coupables d'un crime commis dans une zone de guerre il y a une quinzaine d'années. Vous seriez prêt à tout pour venger votre fils ?

— Oui, commissaire.

— Vraiment à tout ?

Jacques Petit s'est levé à son tour et l'a regardé droit dans les yeux.

— Les militaires savent que les gens les plus dangereux sont ceux qui n'ont rien à perdre.

— Les policiers sont arrivés aux mêmes conclusions.

— Je n'ai plus de famille. Tout le monde est mort, sauf la mère de Patrick, qui aux dernières nouvelles fait toujours chier le monde à Amiens. Mes amis aussi sont morts depuis longtemps. Et dans moins d'un an je serai logé au cimetière. Vous pouvez me demander n'importe quoi.

Lediacre lui a alors posé une question qui me résonne encore dans les oreilles, tant elle est révélatrice de la manière dont il fonctionne. Je ne prétends pas que la suite de l'histoire était déjà écrite, qu'il avait déjà affiné sa stratégie ni établi un plan détaillé. Pourtant, une chose est certaine : il avait déjà envisagé toutes les hypothèses et conçu, au moins dans leurs grandes lignes, plusieurs approches. Tout doucement, presque dans un murmure, il lui a dit :

— Je peux vous demander n'importe quoi, monsieur Petit? Y compris de sacrifier votre réputation? Y compris de salir votre honneur?

Nous avons laissé le vieux monsieur assis sur son banc, et cherché un taxi pour rejoindre Nice. Adieu la mer d'huile et les palmiers.

Pendant que nous attendions notre vol dans l'aérogare, j'ai dit à Lediacre :

— On n'a pas appris grand-chose.

— Non, et pourtant Petit était fort loquace.

— C'est souvent comme ça avec les vieux. Ils sont tellement seuls. Ils rabâchent des trucs dans leur coin, sans avoir personne à qui parler pendant des mois. Si bien que quand quelqu'un veut bien les écouter, les vannes s'ouvrent en grand, et ça coule, ça coule, ça déborde.

— Je reconnais là votre perspicacité, Hélène. Mais savez-vous pourquoi il s'est livré aussi facilement?

— Parce qu'on était assis tous les trois côte à côte sur le banc. Face à face, il aurait peut-être été plus réticent.

— Je partage votre opinion.

— Ce banc, c'était un peu comme le divan du psychanalyste.

— Ce que vous dites est aveuglant de vérité. Tout officier de police possède en lui un freudien qui s'ignore. Nous avons tant de points communs. Comme lui, nous sondons les tréfonds de la psyché. Comme lui, nous brassons des secrets répugnants. Et comme lui, Hélène, nous n'avons encore jamais guéri personne.

10

Lediacre a alors décidé que le mouvement tournant était assez avancé pour lancer l'offensive. Après avoir enveloppé sournoisement Pierre-Guillaume Heuzé, il était temps de lui marcher sur les pieds.

— Je suis allé en toucher deux mots place Beauvau, nous a-t-il annoncé lors d'une réunion à trois dans son bureau. Le contrôleur général Taillane m'a donné le feu vert en présence du directeur de la PJ. Enfin, un feu vert très très pâle. Car avec ce genre d'individus, les interventions extérieures ne sont jamais exclues…

Le public – et beaucoup de poulets de base – se figure que les gros pontes du ministère sont tous des vendus ou des cyniques qui étouffent sans le moindre scrupule les affaires gênantes. En fait, la plupart sont restés des flics dans l'âme. Même s'ils ambitionnent d'être nommés préfets, d'avoir une grosse Renault noire avec chauffeur, de s'incruster dans les fromages de la République, ils considèrent PGH et ses semblables comme des gibiers de potence, et rêvent sincèrement de leur réserver une suite à Fresnes. À condition que ça ne leur attire pas d'ennuis.

Lediacre a interrogé Pommérieux :

— Où en sommes-nous avec Ali le Tchétchène ?

— Vous voulez parler de Mehmet Zolku, patron. Plus personne ne l'appelle Ali, et encore moins le Tchétchène. Khaled, mon tonton à la centrale de Melun, va bientôt prendre contact avec lui. D'après les informations que m'a transmises sa femme Halima – Hélène l'a aperçue au Carrefour de Drancy –, ça ne devrait pas être trop difficile de le faire parler. Il paraît que c'est le gros vantard. Toujours à rappeler qu'il a tué un mec à coups de hache, comme si c'était un fait d'armes extraordinaire. Son pedigree n'impressionne pas grand monde à Melun. Beaucoup de ses codétenus ont au moins un macchabée au compteur, à commencer par Khaled.

— Bien. Rien d'autre sur Zolku ?

— Si, patron. Il a déposé une demande de naturalisation avant de jouer les bûcherons. J'ai ainsi appris qu'il avait travaillé comme interprète français-russe-turc pour plusieurs ONG avant de rencontrer Heuzé. Celui-ci l'a employé dans plusieurs pays dont le nom se termine en *stan*. Et c'est bien Heuzé qui lui a obtenu un permis de séjour en France après l'enlèvement bidon.

Au cours des semaines suivantes, nous avons laissé tomber le faux kidnapping et la disparition de Patrick Phuong pour nous occuper d'affaires plus récentes. J'ai dû interroger une bonne douzaine de personnes en compagnie de Lediacre ou de Pommérieux. Le premier s'était réservé les gens importants – dirigeants ou anciens dirigeants d'associations. Nous n'en avons pas trouvé un seul qui prenne la défense de Pierre-Guillaume Heuzé, mais ils ne nous ont refilé aucun renseignement valable. Dès que Lediacre prononçait son nom, ils haussaient les épaules, ils faisaient la moue, leurs sourcils dessinaient des accents circonflexes. Mais ils refusaient de se mettre à table. Plusieurs sauveurs de l'humanité nous ont laissés entendre, ou même dit carrément, qu'un scandale risquait de nuire à toute la galaxie caritative, car les donateurs les mettraient dans le même sac que ce voyou.

De son côté, Jean-Louis se chargeait des infirmières, médecins et autres bénévoles déçus par PGH. Et c'était le même leitmotiv : de l'eau avait passé sous les ponts, le temps du pardon ou de l'oubli était venu, à quoi bon déterrer de vieilles histoires ?

C'est fatigant de rentrer bredouille tous les soirs. De chou blanc en chou blanc, je sentais que Jean-Louis s'énervait. D'autant que c'était tout juste si certains ne nous traitaient pas de sales flics. Je me souviens encore de la fille qui a payé pour les autres. Elle s'appelait Guillemette de quelque chose. Léger accent du XVIe, dégaine de dame patronnesse new wave, et le genre de sourire fixe sur des lèvres trop fines qui vous fait immanquablement penser aux dingos du Temple Solaire.

Après avoir tourné autour du pot pendant un quart d'heure, elle nous a susurré avec ce qui dans son esprit devait être une pointe d'ironie :

— Aujourd'hui, je m'investis surtout dans le commerce équitable. Mais… comment dire ?… pour des gens comme vous… cette notion de commerce équitable ne vous est peut-être pas immédiatement familière ?

— Bien sûr que si, ma poule, a répliqué Pommérieux en forçant sa gouaille de vieux titi parisien. Moi, tel que vous me voyez, je ne porte que des slips équitables. Des slibards citoyens ! Des moule-burnes solidaires ! Des calecifs tiers-mondistes ! Je veux que les petites mains qui ont tissé mes calebuts 100 % coton ne soient pas payées avec un lance-pierres.

J'ai dû amorcer une retraite précipitée avant qu'il ne

baisse son pantalon pour montrer à Guillemette la preuve irréfutable de ses convictions humanitaires.

Après quinze jours de sur-place, c'est Babette qui a débloqué la situation. Je n'y croyais pas du tout, Lediacre non plus de toute évidence, et pourtant son ami chirurgien nous a refilé un tuyau qui allait s'avérer déterminant.

Babette avait organisé un dîner chez elle, afin que nous puissions discuter avec ce monsieur qu'elle connaissait depuis ses études à la fac de médecine. Une fois de plus, nous avons dégusté des plats surgelés réchauffés au micro-ondes. Une fois de plus, le chirurgien a commencé par nous abreuver de banalités. Il avait pris une année sabbatique en 1998 pour apporter son aide « aux peuples qui souffrent ». Il a jugé utile de nous assener quelques puissantes vérités du style :

— Blanche, noire, brune ou jaune, peu importe la couleur de la peau. Dès le premier coup de scalpel, on s'aperçoit que sous l'épiderme nous sommes tous pareils.

Malgré les rumeurs qui couraient à son sujet, il était reconnaissant à PGH de lui avoir permis de « vivre une expérience ultra-enrichissante ». En fait, nous étions déjà au courant de tout ce qu'il nous racontait. Je connaissais Heuzé mieux que lui, alors que moi je ne l'avais jamais vu. Sans mentir, chaque fois qu'il débutait une phrase, j'aurais pu la terminer à sa place.

Mais à la fin du repas, juste avant que Babette nous rapporte de la cuisine le traditionnel vacherin vanille-framboise, il a paru se souvenir de quelque chose.

— Vous savez, je continue à m'investir très fort dans le caritatif. C'est mon jardin secret, d'une certaine façon. Depuis maintenant cinq ans, je consacre trois semaines par an à une association catholique. Je ne suis pas pratiquant... Ni croyant au sens du dogme... Mais je pense que, dans le domaine de l'humanitaire comme ailleurs, il vaut mieux faire confiance aux professionnels qu'aux amateurs.

Lediacre, qui était assis en face de moi, a dressé l'oreille. Car le chirurgien venait de prononcer une de ses maximes favorites.

— Vous comprenez, les catholiques et la médecine d'urgence, c'est une vieille histoire d'amour. Les croisades, les templiers, les hospitaliers. Vous devriez aller voir le père Autexier. Un sacré bonhomme, celui-là ! Je ne demande pas mieux que de vous recommander. Surtout qu'il est à Paris en ce moment, je crois.

Le chirurgien a ri sous cape avant d'ajouter :

— Il n'est pas toujours d'un abord très facile. Avec lui, c'est tout bon ou tout mauvais. Si vous le caressez dans le sens du poil, il se fera un plaisir de vous parler de PGH. Et sans douceur évangélique. Le père Autexier, sa tasse de thé, c'est plutôt *l'Apocalypse* de Jean, si vous voyez ce que je veux dire.

Le père Autexier a accepté de nous recevoir rue du Bac, dans le VIIe arrondissement, juste derrière le Bon Marché. Un prêtre africain nous a conduits jusqu'à son bureau, une petite pièce très dépouillée : une table, trois chaises, des rayonnages bourrés de dossiers et sur un mur nu, un simple crucifix, sans Jésus accroché dessus. Posés sur une étagère, deux portraits encadrés : une grande photo de Jean-Paul II et une toute petite de Benoît XVI. Était-ce le hasard, ou bien le reflet de l'estime respective que l'occupant des lieux portait aux deux derniers papes ?

Vous me direz que ça ne me regarde pas. Je ne suis pas baptisée, je ne crois qu'au Big Bang, et en dehors des bouchons sur les autoroutes, j'ignore à quoi correspondent l'Ascension et la Pentecôte. Mais je vais tout de même vous donner mon avis. Les curés en T-shirt, ça m'énerve. Si l'uniforme ne leur plaît pas, ils n'ont qu'à faire autre chose. C'est une des raisons pour lesquelles j'aime beaucoup le dalaï-lama : lui, avec sa robe rouge et jaune, vous voyez tout de suite à qui vous avez affaire.

Le père Autexier portait un costume noir avec un col blanc et une croix sur le revers de son veston. Il était de petite taille, maigre comme un coucou, mais drôlement impressionnant avec ses yeux gris et ses cheveux blancs coupés ras. Je lui aurais donné soixante-dix ans, mais cela ne m'aurait pas étonné du tout d'apprendre qu'il en avait plus de quatre-vingts.

On nous avait prévenus : ce n'était pas du tout le gars auquel on a envie de taper sur le ventre.

Il a commencé par nous expliquer, poliment mais fermement, qu'il n'avait pas l'habitude de discuter avec la police, et que cette entrevue n'était due qu'à l'entremise de notre ami commun le chirurgien. Puis il nous a fait signe de nous asseoir. Ses yeux couleur d'acier se sont braqués sur moi, et quelques secondes lui ont suffi pour mesurer la vacuité de mon esprit et la superficialité de mon âme. Dès lors, il ne s'est plus adressé qu'à Lediacre.

— Avez-vous déjà été attiré par l'humanitaire, commissaire ?

— D'un point de vue professionnel, c'est la première fois qu'une enquête m'amène à m'y intéresser.

— Et à titre personnel, vous n'avez jamais éprouvé le besoin d'aider les êtres qui sont restés au bord du chemin ?

Lediacre l'a regardé d'un air innocent et lui a balancé :

— Voyons, mon père, ne faut-il pas une certaine dose d'altruisme pour entrer dans la police ?

Une lueur amusée a brillé dans les yeux du prêtre. Il semblait ravi d'avoir trouvé un adversaire à sa mesure.

— Vous êtes donc venus me parler de Pierre Heuzé ?

— Je constate que vous lui confisquez son « Guillaume ». Vous connaissez donc jusqu'à son acte de naissance ?

— De baptême, commissaire… De baptême. Je ne nierai pas que ce monsieur n'a plus guère de secrets pour moi. Comme si je l'avais longuement confessé.

— Mais vous ne l'avez pas confessé ?

— Non.

— Par conséquent, rien ne vous empêche de livrer ses secrets à une tierce personne ?

Le père Autexier a émis un petit rire sec. Il aimait bien ce genre de ping-pong verbal.

— Vous allez un peu vite en besogne, commissaire. Dites-moi d'abord ce que vous lui reprochez.

Lediacre n'a pas hésité une seconde : avec un client de ce calibre, il fallait jouer cartes sur table.

— Escroqueries, au pluriel. Abus de confiance, au pluriel. Détournements de fonds, toujours au pluriel. Pendant de longues années, il a systématiquement empoché une bonne partie de l'argent des donateurs privés, des collectivités locales, régionales, de la France et de l'Europe. En 1992, il a manigancé le faux enlèvement d'une de ses équipes afin de s'approprier le montant de la rançon. Et je le suspecte d'avoir commandité l'assassinat d'un de ses employés qui s'apprêtait à le dénoncer.

— Je ne suis pas très au fait des procédures policières et judiciaires. Néanmoins, il me semble que ces crimes et délits ne sont pas d'une extrême fraîcheur… Vous n'avez rien de plus récent à lui reprocher ?

Je ne perdais pas une miette de leurs échanges pleins de sous-entendus. Et si je me régalais autant, c'est parce qu'insensiblement les rôles s'inversaient. Lediacre, qui manœuvrait d'ordinaire les interrogatoires à sa guise, se retrouvait en situation d'infériorité.

— Non, mon père. La carrière de délinquant d'Heuzé s'arrête brusquement en 1998. Après la liquidation du Secours Humaniste Européen, on a l'impression qu'il est rentré dans le rang.

— « L'impression », dites-vous.

— Oui. Nous savons, par plusieurs sources, qu'il continue à détourner des sommes importantes. Mais il prend bien soin de ne commettre aucun écart sur le territoire français.

— Si vous êtes venus me voir, en somme, c'est pour combler la lacune qui s'étend de 1998 à aujourd'hui ?

— Oui.

Le père Autexier ne quittait pas son interlocuteur des yeux, et il avait le regard sacrément perçant. Au moindre faux pas, il se serait refermé comme une huître. Et les curés, comme chacun sait, ont le chic pour repérer un mensonge à trois kilomètres. D'où j'étais assise, à droite de Lediacre et un peu en retrait, je le voyais de trois quarts face, avec au-dessus de sa tête le crucifix noir accroché au mur. J'avais déjà côtoyé des gens importants, de gros pontes de l'Intérieur, des députés, des sénateurs, un ministre, des vedettes du show-biz… Mais j'avais rarement été aussi impressionnée.

— Je vais vous relater une anecdote. Après la banqueroute du SHE, Pierre Heuzé a aussitôt entrepris de fonder une nouvelle ONG, l'association que nous connaissons vous et moi sous le nom de MÔMES. Mais savez-vous à quelle appellation il avait d'abord songé ? Children Of the World. Autrement dit COW. On m'a raconté que cela le faisait mourir de rire.

— Ce n'était peut-être qu'une plaisanterie, mon père.

— Assurément. Mais l'Église catholique, malgré sa

décrépitude, n'en est pas encore arrivée au stade où l'on plaisante avec les orphelins, les enfants malades ou ceux qui ont sauté sur une mine antipersonnel en jouant à cache-cache.

Il n'avait pas cillé, ni haussé le ton, mais l'atmosphère s'était soudain épaissie.

— On dit souvent que les ONG, c'est la charité en 4×4. Enfin, la charité… Ils ont tellement peur de nous ressembler qu'ils ont transformé l'adjectif « charitable » en « caritatif ». Comme ces gens qui parlent du Créateur, de l'Être Suprême, de l'Architecte de l'Univers pour ne pas avoir à prononcer le nom de Dieu. Depuis trente ans, j'en ai vu passer, des humanitaires… Des jeunes gens formidables. Quelques-uns admirables. Mais aussi des idéologues qui venaient aider le tiers-monde par haine de leur pays. Des carriéristes. Des touristes. Des animateurs du Club Méditerranée. Des paumés. Des pourquoi pas ? Des faute de mieux. Des à quoi bon ? Et des petits salopards à la Pierre Heuzé.

En un tel lieu, et dans une telle bouche, le mot « salopards » a retenti comme une détonation.

— Vous voulez savoir comment il mène sa barque depuis 1998 ? C'est d'une simplicité biblique, si j'ose dire… Il a tiré les leçons de ses errements. À présent, il vole de l'argent honnêtement. Réfléchissez, commissaire. Comment s'appelle son association ?

— MÔMES.

— Comment gagne-t-on de l'argent avec des mômes ?

C'était vraiment bizarre de voir Lediacre subir le même type d'interrogatoire que ceux qu'il menait d'habitude.

— En les vendant.

— En les vendant à qui, commissaire ?

Lediacre a détourné la tête, sans doute pour fuir pendant quelques instants les yeux gris du vieux prêtre. J'ai vu un sourire apparaître sur ses lèvres – le sourire du gars qui vient de remplir la case cruciale dans son Sudoku Expert trois étoiles.

— L'adoption, a dit Lediacre. Il vend des enfants aux candidats à l'adoption.

J'étais tétanisée sur ma chaise. C'était une terrible leçon d'humilité, pour le cas où j'aurais eu la tentation de me laisser aller à avoir la grosse tête. J'en savais aussi long que Lediacre, j'avais étudié autant de dossiers. Mais moi, je n'avais pas trouvé la clef de l'énigme.

Le père Autexier a apprécié sa réponse :

— Vous allez m'obliger à abandonner mes préjugés sur la police.

— Vous êtes trop aimable, mon père. Depuis combien de temps êtes-vous au courant de ce trafic ?

Le vieux prêtre préférait visiblement poser les questions qu'y répondre. Il a donc esquivé :

— Si vous le souhaitez, je peux vous exposer les grandes lignes du sujet.

— Cela nous serait précieux, mon père.

— Chaque année, 8 000 couples obtiennent un agrément d'adoption. Or, il n'y a pas plus de 800 petits Français à adopter. La plupart des couples se tournent donc vers l'étranger. Vous retirez les pays riches, qui n'exportent pas leurs enfants, et les pays musulmans, où la religion interdit ces pratiques. Vous ne tenez pas trop compte de l'Afrique, car beaucoup de Blancs n'ont pas envie d'avoir un enfant noir. Sauf peut-être un petit Malgache ou un petit Éthiopien, car ils ont des traits nettement moins négroïdes.

Son ironie était réfrigérante. Il exposait les faits tels qu'ils étaient, dans un langage abrupt.

— Restent les Slaves : Russie et Ukraine. Les Sud-

Américains, en particulier les Colombiens. Et les Asiatiques, qui sont aussi mignons que des Blancs. Vous avez compris le nœud du problème ?

— La demande excède l'offre.

— Exactement. De plus en plus de clients pour une marchandise qui demeure limitée, même si la production globale augmente rapidement. Dans le tiers-monde, les gens n'ont pas une conception aussi éclairée que nous de la famille. Les tantes, les oncles, les cousins, les voisins ont souvent l'idée saugrenue de prendre le relais quand les parents disparaissent. Ils tiennent même parfois à conserver ensemble les fratries. Et puis, surtout, les gouvernements des pays pauvres ont un flair infaillible pour repérer les rentes de situation. En multipliant les démarches administratives, en allongeant les délais, en jouant avec les nerfs des couples en mal d'enfant, ils font monter les prix.

— Quand vous parlez de prix, sous quelle forme sont-ils réglés ?

— Sous la forme de dons. À un orphelinat. À une œuvre contrôlée par l'État. En réalité, au ministre, au général ou au gouverneur de province qui détient le pouvoir d'ouvrir ou de fermer la porte. En Russie comme en Asie, vous ne vous en tirerez pas à moins de 30 000 euros. Si vous remplissez tous les critères, autrement dit si vous êtes encore jeune, marié, aisé et sans enfants. Maintenant, imaginez que le couple adoptant ait plus de quarante ans, qu'on l'ait fait mariner pendant des années, ou qu'il ne veuille pas s'engager dans le parcours du combattant qu'on lui réserve, avec son cortège de fausses joies, de déceptions, de redémarrages à zéro. Vous rencontrez des enfants à 5 000 ou 10 000 kilomètres de chez vous, vous en choisissez un, vous vous imaginez déjà en train de le ramener en France. Et tout capote pour une raison ou pour une autre.

— Cela peut donc coûter beaucoup plus cher.

— Oui, commissaire. Il y a des enfants bon marché : les malades, les handicapés, les physiques ingrats, et puis ceux qui sont déjà un peu âgés. En revanche, si vous voulez acheter un joli bébé en parfaite santé, vous devez être prêt à débourser une somme respectable. De surcroît, notre glorieux pays, dans ce domaine comme dans beaucoup d'autres, ne cesse de perdre des parts de marché. Nous importons environ 4000 enfants par an. Mais nos concurrents italiens, espagnols, suédois se montrent plus généreux. Sans parler des Américains, qui adoptent entre 20000 et 25000 enfants par an.

— Cela peut aller jusqu'à combien?

— Des stars de Hollywood dont le nom m'échappe... Angelina... Madonna... ont récemment fait don de plusieurs millions de dollars. Si l'on s'en tient aux couples normaux, je pense que 100000 euros est un ordre de grandeur raisonnable.

J'ai pensé au couple venu de la banlieue de Chicago pour déjeuner à Genève avec Alain Charvet.

— Je suppose que les mêmes réseaux pratiquent aussi le trafic d'organes.

— Je le suppose aussi, commissaire. Par bonheur, un enfant entier peut rapporter autant d'argent qu'en pièces détachées. Et puis, Dieu merci, la plupart des États du tiers-monde font la différence entre le petit trafic sympathique et le crime. Malgré le peu d'estime qu'il m'inspire, je crois que Pierre Heuzé hésiterait à franchir la frontière entre les deux.

Lediacre, qui ne perdait jamais le nord, en a profité pour en revenir à nos moutons :

— C'est donc en Thaïlande qu'il pratique son commerce?

— La Thaïlande est un pays trop développé pour lui offrir de vastes perspectives. Ce n'est pour lui qu'une base arrière.

— Au Vietnam, alors?

— Le Vietnam est un fournisseur important. Et MÔMES y est bien implanté. Mais c'est bien connu, les communistes adorent l'argent. Ils sont donc devenus fort gourmands. De plus, ils ont pris prétexte d'un trafic trop voyant pour resserrer les boulons à la fin des années 1990. Tout cela réduit les marges bénéficiaires de Pierre Heuzé...

— J'ai bien peur que vous ne deviez m'aider, mon père.

— Cherchez un pays pauvre. Très pauvre. Gouverné par une dictature, cela facilite toujours les choses. Sans journalistes qui risqueraient de fourrer leur nez dans les affaires des autres. Avec des bébés ravissants à foison.

— La Birmanie.

Le père Autexier a abaissé les paupières en signe d'acquiescement.

— Et les couples vont chercher les enfants en Thaïlande.

— Oui. Ou bien au Vietnam. En tant que policier, vous devez connaître la chanson : les trafiquants multiplient les filières pour déjouer la surveillance des autorités. Un nourrisson birman peut très bien être commercialisé en Thaïlande avec des papiers vietnamiens. Signatures et tampons ne sont qu'une affaire d'argent. Pierre Heuzé est loin d'être seul sur le marché. Aux États-Unis, la profession de *courtier* est parfaitement officielle. J'ai entendu parler d'une agence californienne qui se fait fort de vous procurer un enfant entier, un rein, un morceau de foie, de la peau. Avec des avocats qui prennent les précautions nécessaires pour éviter les poursuites pénales. En Asie ou en Amérique latine, on peut trouver un enfant pour 100 dollars, et le revendre 100 000 dollars à Los Angeles. Cela laisse de la marge pour les intermédiaires.

Lediacre, croyant que c'était le mot de la fin, a commencé

à remercier le père Autexier. Mais celui-ci n'avait pas terminé.

— Vous vous demandez pourquoi je vous livre ces informations ? Commissaire, répondez-moi franchement : vous voyez-vous dans la peau d'un détective privé ?

Lediacre a manifesté un certain étonnement :

— Euh... Non, je ne l'envisage même pas.

— Pourquoi donc ? D'après ce que m'a raconté notre ami commun, qui est d'ailleurs plutôt un ami de votre femme, j'ai cru comprendre que vous étiez une sorte de franc-tireur.

— Un franc-tireur qui dépend du ministère de l'Intérieur.

— Voilà le point essentiel. Vous appartenez à la police comme moi j'appartiens à l'Église. Vous obéissez à une instance supérieure. À mon humble avis, seules comptent les institutions. Les individus qui échappent à leur tutelle, les indépendants, les aventuriers, les solitaires s'exposent à toutes les dérives. Ils risquent de devenir des Pierre Heuzé.

Il s'est levé, et nous l'avons imité. Alors, les yeux dans les yeux, il a dit à Lediacre :

— Je n'ai pas de conseil à vous donner, car les techniques policières sont pour moi un mystère. Mais je vais tout de même vous indiquer une piste. C'est le terme qu'on emploie, n'est-ce pas ? Un trafiquant d'enfants fait feu de tout bois. N'allez pas vous imaginer qu'il ne s'approvisionne qu'en Birmanie. Toute occasion est bonne à saisir. Si vous cherchez des éléments récents, peut-être pourriez-vous vous intéresser au raz de marée du 26 décembre 2004, qui a eu un tel succès en Occident. Le tsunami, commissaire, le fameux tsunami...

11

Au cours des jours suivants, Jean-Louis Pommérieux et moi avons continué à nous relayer pour écouter les conversations d'Alain Charvet. Celui-ci avait une bande de copains dans son genre, qu'il voyait le midi au restaurant. Ils partageaient la passion des grands vins, la lecture quotidienne de *l'Équipe* et le goût des plaisanteries salaces.

Son portable lui servait également à appeler la patronne d'une boutique d'ongles « américains » du XVIIe arrondissement, avec laquelle il entretenait une relation houleuse mais suivie. Cette forte femme, jalouse comme une tigresse, le soupçonnait d'infidélité, et cela me faisait mal aux oreilles de l'entendre hurler dans l'appareil. Ses reproches étaient fondés, d'ailleurs, puisqu'une fois par semaine, en général le jeudi en début d'après-midi, notre ami Charvet rencontrait une caissière de supermarché hard discount dans un hôtel du XIIIe, pas loin de son bureau. Elle avait une voix jeune, beaucoup plus jeune que la tigresse, mais l'inconvénient pour Charvet, c'est qu'elle était aussi beaucoup plus vénale : elle facturait chaque séance 100 euros, et lui réclamait sans cesse en supplément de « petits cadeaux ».

À nos tâches ordinaires était venu s'ajouter le tsunami, car Lediacre tenait à ce que Jean-Louis et moi maîtrisions à peu près tous les aspects de la question. Inutile de revenir sur l'ampleur de la catastrophe : plus de 230 000 morts du sud de l'Inde au nord de Sumatra, en passant par le Sri Lanka et la Thaïlande. Tout le monde sait qu'un gigantesque élan de solidarité avait suivi, en partie parce qu'on était en pleines fêtes de Noël, et que les ONG ont littéralement croulé sous les chèques et les virements. MÔMES, bien entendu, a eu sa part du pactole. Mais on ne pense pas toujours aux dizaines, aux centaines de gamins rescapés dont les parents avaient disparu sous la vague. Pierre-Guillaume Heuzé, comme beaucoup de ses concurrents, avait aussitôt rappliqué.

Lediacre se chargeait en personne de PGH. En effet, cela impliquait des contacts avec Interpol, où il avait bien entendu des amis... C'est fou, le nombre d'organismes où Lediacre connaît des gens haut placés, auxquels il a rendu des « services », et qui lui doivent donc un renvoi d'ascenseur.

En revanche, il m'a confié tout le dossier adoption.

Il m'a fallu deux longues soirées pour déblayer le terrain. Dans la tranquillité de mon sixième étage, j'ai potassé quelques guides pratiques et visité un certain nombre de sites sur Internet. Quand j'ai commencé à y voir un peu plus clair dans le dédale juridique, je suis allée soumettre mon plan à Lediacre.

— Le problème, patron, c'est qu'il faut cibler un couple ayant récemment adopté. En effet, une fois que l'adoption plénière a été prononcée, celle-ci est irrévocable. Vous comprenez, le législateur a voulu éviter qu'un gamin abandonné une première fois dans son pays d'origine se retrouve de nouveau dans la mouise en France. Bref, si nous allons voir des parents après la décision de justice, ils risquent de nous envoyer balader.

Lediacre a paru apprécier :

— Excellent, Hélène. Vous commencez à bien posséder les principes du chantage. Toute menace doit s'appuyer sur de réelles possibilités de rétorsion.

— Quand un couple revient avec un enfant, par exemple de Thaïlande, d'un point de vue légal, il ne s'agit encore que d'un accueil ou plus exactement d'un placement en vue d'une adoption. Ils ont six mois pour déposer une requête, mais on peut supposer qu'ils perdent le moins de temps possible. Ensuite, le tribunal dispose d'un délai de six mois à compter de la saisine pour instruire la demande et rendre sa décision. Si nous allons voir des gens qui en sont à ce stade du processus, la peur d'un rejet peut les encourager à se montrer coopératifs.

— Je vous suis parfaitement.

— Il faut sélectionner plusieurs couples qui sont allés acheter un enfant au cours des six derniers mois. Je peux m'en sortir toute seule, car les données sont facilement accessibles. Mais c'est plus compliqué de savoir si l'enfant a été fourni par MÔMES.

— Jean-Louis va vous aider.

Avec l'appui de ses vieux copains des RG, Jean-Louis et moi avons ainsi dressé une liste de quatre noms : quatre couples revenus avec un petit pensionnaire d'un orphelinat géré par MÔMES depuis le mois de novembre précédent. Un près de Bordeaux, un autre en Côte-d'Or, un à Saint-Mandé, en bordure du bois de Vincennes, et le quatrième dans les Yvelines.

— Commencez par la région parisienne, m'a ordonné Lediacre, ce sera plus simple. Choisissez le couple le plus antipathique.

Partisane du moindre effort, je suis d'abord allée planquer

à Saint-Mandé. C'était un samedi matin, et je m'étais garée à 50 mètres du grand immeuble moderne où habitait notre première petite famille. Le mois de mai, pour une fois, ressemblait à un mois de mai : 20 °C, ciel bleu pommelé de jolis cumulus, pas de vent, des arbres couverts de feuilles vert tendre, des fleurs partout.

Ils sont sortis sur le trottoir à 11 h 40. Un type d'une quarantaine d'années, en blue-jean et polo, une brune plus jeune que lui, vêtue d'une robe en toile beige, et au milieu, les tenant tous les deux par la main, un petit Asiatique auquel j'aurais donné quatre ans à tout casser. Je suis descendue de voiture et je les ai suivis. Ils ont traversé la chaussée, puis longé les grilles du zoo de Vincennes, avant d'entrer dans le bois.

Il y avait foule devant le lac Daumesnil. J'en ai profité pour me rapprocher. Le père a commencé à jouer avec le petit garçon, qui riait aux éclats. À un moment donné, celui-ci s'est caché derrière un arbre. La femme s'était assise au bord du lac, et son mari se tenait un peu plus loin. Des passants ont dû le masquer, car lorsque le gamin est sorti de sa cachette, il n'a plus vu son père. Il s'est mis à crier instantanément. Des cris de panique. Quand enfin il l'a aperçu, à moins de 10 mètres de là, il a couru vers lui. Le père s'est accroupi, a ouvert les bras, et son fils s'est jeté à son cou.

Je suis retournée à ma voiture. Parce qu'il ne faut quand même pas pousser. Lediacre ou pas Lediacre, il n'était pas question que j'aille terroriser ces gens-là.

Le couple des Yvelines, heureusement, était beaucoup plus déplaisant. Ils habitaient à Saint-Rémy-l'Honoré, tout près de Montfort-l'Amaury. Je suis allée y faire un tour, pendant que Jean-Louis Pommérieux se renseignait sur leur compte.

Je ne sais pas si vous connaissez la nationale 10. C'est l'enfer : des bouchons, un feu rouge tous les 500 mètres, et des banlieues super-guillerettes, du style Trappes ou Maurepas. Ensuite vous prenez une petite route sur la droite, et là, changement de décor. Des champs, la forêt de Rambouillet au loin, des villages rupins, le tout aux couleurs du mois de mai.

Ce n'est pas commode de planquer à la campagne : moins il y a de monde, plus on se fait repérer facilement. J'ai tout de même pu jeter un coup d'œil assez appuyé sur la propriété. Au moins deux hectares entourés de murs, et à l'intérieur une belle maison ancienne recouverte de vigne vierge. J'ai réussi à entrevoir la mère au volant d'un 4×4 BMW noir, alors qu'elle rentrait chez elle. Y avait-il un siège bébé sur la banquette arrière? Avec une petite fille de quinze mois attachée dedans? Les vitres teintées m'ont empêchée d'en avoir la certitude. Le 4×4 s'est garé derrière un arbre, à côté d'une autre BMW, une berline gris métallisé, de sorte que je n'ai pas pu voir la femme descendre de voiture, ni a fortiori en extraire une éventuelle enfant.

Le lendemain après-midi, Jean-Louis Pommérieux a rapporté sa récolte au bureau. Comme d'habitude, il m'a sciée. Je savais bien qu'il avait gardé d'excellents rapports avec ses anciens collègues, et qu'il connaissait le métier sur le bout des doigts, mais tout de même, il ne doit pas y avoir beaucoup de poulets capables de réunir autant d'informations confidentielles en aussi peu de temps.

Nous sommes donc allés faire un rapport complet à Lediacre. Après mon compte rendu d'excursion dans les Yvelines, Jean-Louis a présenté ses découvertes :

— Hélène a vu du gros pognon : la baraque à 2 ou 3 millions d'euros, les deux BM neuves. Ce n'est pas étonnant, parce que la bonne femme est l'héritière d'un industriel. Un sous-traitant dans l'automobile : roulements à billes, ressorts, tiges, des trucs dans ce goût-là. Elle a quarante-cinq balais. Pour les niacoués, c'est l'âge d'une mamie, pas d'une maman. Même aux yeux de l'administration française, ça commence à friser la date de péremption. Pour corser le tout, son mari a dix ans de moins qu'elle. Son second mari. Elle a divorcé d'un lascar aussi riche qu'elle, et elle s'est remariée avec le moniteur du club hippique où elle faisait du bourrin.

— En somme, a murmuré Lediacre, elle s'est acheté un mari avant d'acquérir un bébé.

Je suis intervenue :

— Ça complique encore les choses pour adopter un gamin. À la DDASS, ils aiment bien les couples équilibrés, afin de garantir le développement harmonieux de l'enfant, pour reprendre leur vocabulaire.

— Tu ne crois pas si bien dire, Hélène. Il se trouve que le moniteur de bourrin a un casier. Deux condamnations. Deux mois avec sursis pour coups et blessures en 91. Six mois avec sursis pour dégradations volontaires, insultes à agents, rebellion, conduite en état d'ivresse, et j'en oublie, en 97. Attention, le gars n'est pas un voyou à proprement parler. Plutôt le fêtard qui tringle les cavalières à couilles rabattues. Aujourd'hui, le voilà reconverti en gigolpince.

J'ai confirmé :

— Ça fait beaucoup, patron. Quand on voit les milliers de couples inscrits sur les listes d'attente… Franchement, avec ce genre de pedigree, ils n'avaient aucune chance par les voies légales.

— Beau travail, tous les deux, a dit Lediacre. Voilà un petit couple très prometteur. Hélène, que diriez-vous d'aller leur rendre une visite de courtoisie demain en fin d'après-midi ?

Juste avant que nous ressortions de son bureau, Jean-Louis a étouffé un juron.

— Au fait, j'allais oublier. Ce matin, Charvet a discuté avec un mec sur son portable. Un glandu dans la communication qui réalise des brochures pour MÔMES. Il lui a dit que PGH allait bientôt revenir en France. La semaine prochaine ou la suivante, ce n'était pas très clair.

Lediacre a rigolé.

— Bah ! Qu'il soit en France ou ailleurs n'a guère d'importance. La planète est trop petite pour qu'il puisse nous échapper.

En regagnant mon bureau, j'ai songé qu'aucun d'entre nous n'avait encore rencontré Heuzé en chair et en os. Sans blaguer, cela fait bizarre de resserrer lentement un nœud coulant autour du cou d'un type que vous n'avez jamais vu.

Le lendemain, j'ai conduit Lediacre à Saint-Rémy-l'Honoré. Quand nous sommes arrivés à la hauteur de la propriété, une bonne demi-douzaine de voitures étaient garées devant la maison. Nos clients recevaient des amis. Nous sommes aussitôt repartis. Cela m'a donné l'occasion de comparer le trafic démentiel banlieue-Paris au trafic délirant Paris-banlieue sur la N10.

Ce sont les inconvénients du métier : il faut toujours être prêt à se casser le nez. Et compte tenu de ce que Lediacre leur réservait, il était exclu de prendre rendez-vous par téléphone.

Le lendemain, nouvelle tentative. Nous nous sommes présentés vers 17 heures. Cette fois-ci, le portail était fermé, et on n'apercevait qu'un seul véhicule devant la maison : le 4×4 BMW noir de Madame. Je me suis rangée un peu plus loin dans l'herbe du bas-côté.

Quand il ne se casse pas le nez, le policier attend

patiemment. Or, question patience, Lediacre était imbattable, et je me défendais pas mal non plus.

Peu avant 20 heures, la berline BMW gris métallisé de Monsieur s'est arrêtée devant le portail, et il est descendu pour l'ouvrir. Nous l'avons rejoint en quelques enjambées. C'était un type de taille moyenne, plutôt beau garçon, avec des cheveux châtains très bouclés.

J'ai sorti ma carte.

— Bonsoir, monsieur. Police nationale. Nous aimerions vous parler quelques minutes, à vous et à votre femme, si c'était possible.

Il n'a pas eu l'air du tout surpris.

— Vous venez pour l'adoption ?

J'ai eu un moment d'hésitation, et puis j'ai compris que dans son esprit notre présence s'inscrivait tout naturellement dans la procédure légale en cours.

— Oui, monsieur.

Il a désigné notre Clio garée de l'autre côté de la route.

— C'est votre voiture là-bas ?

— Oui.

— Je laisse le portail ouvert, comme ça vous pourrez entrer.

En remontant dans la Clio, j'ai dit à Lediacre :

— Un garçon aimable, non ?

— Indifférent, plutôt.

Lediacre avait mis le doigt pile dessus : notre moniteur d'équitation se contrefichait de ce que nous allions leur demander.

Sa femme était beaucoup moins zen. Elle a déboulé comme une malade et s'est plantée devant la porte d'entrée, dans le style « si vous voulez voir ma fille adorée, vous devrez me passer sur le corps ».

Elle avait le nez refait, la peau liftée au coin des yeux et les cheveux teints en blond vénitien. Vêtements décontractés, mais de marque. Bijoux en bois, mais hors de prix.

— Qu'est-ce que vous voulez ? Qu'est-ce que la police vient faire ici ?

— Nous aimerions juste vous poser quelques questions, ai-je dit.

— Vous n'avez pas le droit d'entrer chez moi. Vous êtes en train de violer une propriété privée.

— Voyons, madame, c'est votre mari qui nous a invités à entrer.

Le moniteur est apparu dans l'embrasure de la porte, et elle a tourné la tête pour le foudroyer des yeux.

— Allez, Clotilde, a-t-il lâché, ce n'est pas la peine d'en faire un plat.

Son visage s'est empourpré, elle a levé les bras, et j'ai cru qu'elle allait s'arracher quelques touffes de cheveux. Sa voix a pris des accents hystériques :

— Allez-vous-en ! Vous n'avez pas de mandat !

— Madame, ai-je riposté, vous regardez trop de séries américaines. En France, il n'y a pas de mandat. Nous voulons simplement bavarder.

— Vous allez avoir de gros ennuis ! Si vous insistez, espèce de chipie, j'appelle mes avocats !

J'ai beaucoup apprécié la « chipie », et encore plus l'adjectif possessif au pluriel.

— Patron, madame veut appeler *ses* avocats.

Lediacre, qui jusque-là s'était tenu en retrait, a avancé d'un pas.

— Madame, je serai ravi d'avoir les coordonnées de vos conseils. Ce sont eux, je présume, qui suivent l'instruction de la demande depuis la saisine du tribunal ?

— Qui êtes-vous, vous ?

— Je suis le commissaire divisionnaire Lediacre. Vos

conseils sont-ils au courant pour la transaction opérée en Suisse ?

L'effet a été brutal chez la dingue. En un instant elle est passée de 40 °C de fièvre à un gentil petit 36,8 °C. Elle a lancé un regard de détresse au moniteur.

— Clotilde, a dit celui-ci, on va aller s'asseoir tranquillement dans le séjour et écouter ce qu'ils ont à nous raconter.

Je me suis dépêchée de franchir le seuil, afin de ne pas lui laisser le temps de réagir. Nous avons traversé une entrée pleine de photographies de concours hippiques, et le mari nous a introduits dans un vaste salon très confortable, avec des poutres apparentes, de beaux rideaux à fleurs et des meubles dignes d'un salon des antiquaires. Il n'y avait pas de feu dans l'énorme cheminée devant laquelle deux superbes canapés italiens se faisaient face. Curieusement, je n'ai noté ni jouets, ni berceau, ni parc, ni vêtements d'enfants, ni aucune trace de la petite fille.

Le couple s'est installé sur un des canapés, Lediacre et moi sur l'autre. Une table basse nous séparait, couverte de livres et de revues d'équitation.

Après le coup de massue helvétique, la mère Clotilde avait déjà repris un peu de poil de la bête :

— Vous n'avez pas le droit de m'interroger ! Je connais des gens très haut placés…

Je lui ai coupé la parole :

— Si, madame, nous avons parfaitement le droit de vous poser des questions dans le cadre de notre enquête préliminaire. Et vous, vous avez le droit de ne pas y répondre. Du moins pour l'instant.

— Qu'est-ce que vous me voulez ? Je n'ai rien fait de répréhensible.

Alors j'ai déroulé le petit programme que j'avais préparé.

— Vous avez obtenu votre agrément d'adoption en 2002. Autrement dit, la période de cinq ans allait se terminer lorsque vous êtes allée chercher une petite fille en Asie.

— Mon agrément était encore valable.

— Il n'aurait pas été renouvelé.

— Peut-être, mais je n'en ai plus besoin maintenant.

— La petite fille avait moins d'un an quand on vous l'a confiée. Or, il est très rare que l'on confie une enfant aussi jeune à une femme de quarante-cinq ans.

— Qu'est-ce que ça peut vous faire ! Ça ne vous regarde pas !

Elle avait repris son timbre hystérique. Mais à présent, je n'allais plus la lâcher.

— Je trouve également très étonnant que la DDASS vous ait considérés, votre mari et vous-même, comme un couple harmonieux.

— Comment ça ! Je suis absolument scandalisée par vos insinuations.

— De surcroît, madame, le casier judiciaire de votre mari comporte deux condamnations.

Elle a bondi sur ses pieds et s'est mise à incendier le moniteur d'équitation :

— Tu vois où ça nous mène, tes cachotteries ! Si j'avais su… Si seulement j'avais su…

Sous-entendu : je ne t'aurais pas épousé, et tu ne roulerais pas en BMW.

Pourtant, le moniteur conservait son indifférence, son incroyable je-m'en-foutisme.

— Allez, Clotilde, tu ne vas pas nous en chier une pendule. Il te fallait bien un mari, de toute façon…

Les braillements de la mégère ont redoublé. Elle a marché droit sur moi, et j'ai cru qu'elle allait essayer de m'énucléer avec ses ongles rouge carmin.

— Vous êtes tous des saloperies de fonctionnaires ! Tout ce que vous trouvez à dire à une femme en mal d'enfant, c'est qu'elle est trop vieille ou trop jeune, trop riche ou trop pauvre, que son époux est un sale petit voyou, qu'elle est déséquilibrée, qu'elle sera incapable d'élever correctement un enfant ! La première fois que j'ai demandé un agrément, on m'a reproché d'avoir suivi un traitement contre la stérilité. Vous vous rendez compte ! Les salauds ! Oui, je suis stérile ! Stérile ! Stérile ! Mais j'ai quand même le droit d'être une maman !

— Mets-la en sourdine, Clotilde. Avec tes hennissements, tu vas finir par réveiller la petite.

Les « hennissements » m'ont beaucoup plu, surtout dans la bouche d'un homme de cheval.

Elle s'est précipitée vers la porte de la pièce adjacente et s'est collée le dos contre le battant, comme si nous avions nourri le noir dessein d'emmener avec nous la petite Birmane de quinze mois qui dormait derrière.

Non contente d'être à moitié cintrée, cette bonne femme était théâtrale, grotesque. Elle détruisait dans l'œuf les maigres réserves de compassion que vous auriez pu lui témoigner.

Lediacre est sorti de son demi-sommeil pour chuchoter :

— Revenez vous asseoir, s'il vous plaît. Vous me donnez le tournis.

Clotilde a encore vociféré pendant quelques instants, avant d'obéir, en hésitant entre les couinements, les sanglots à sec et les gémissements.

— Madame, a continué Lediacre, je vais vous exposer de manière très claire quels sont les choix qui s'offrent à vous. La police est bonne fille, voyez-vous. Si vous répondez à nos questions, il est probable que vous n'entendrez plus jamais parler de nous. Si au contraire vous rechignez à satisfaire notre curiosité, vous allez nous compliquer la vie, donc nous rendre beaucoup moins gentils, et par conséquent nous inciter à transmettre votre dossier d'une part à un juge d'instruction, d'autre part, ce qui sera encore moins drôle pour vous, à la DDASS des Yvelines.

Elle n'avait plus du tout envie de brailler. Elle écoutait de toutes ses oreilles.

— Vous n'aimez pas la DDASS des Yvelines, n'est-ce pas ?

— Ce sont des... Enfin, c'est à cause d'eux que j'ai eu autant d'ennuis. Ils m'ont harcelée.

— On vous a donc conseillé de changer de DDASS ?

— Oui. Heureusement, je suis aussi propriétaire d'un appartement à Paris.

— Qui vous a donné ce conseil? Pierre-Guillaume Heuzé ?

— Non, son adjoint.

— Alain Charvet ?

— Oui, c'est ça.

— Vous l'avez aussi rencontré en Suisse pour lui remettre de l'argent.

— Il m'a expliqué qu'il fallait graisser la patte des généraux. Ce sont tous des pourris dans ces pays-là. En fait, c'est moi la victime !

— Combien demandaient ces *généraux* ?

Elle a hésité un instant avant de répondre :

— 150 000 euros.

— Tout compris ?

— À part le voyage. Et les dons obligatoires que j'ai dû faire sur place à l'orphelinat.

— Y compris la rémunération du haut fonctionnaire des Affaires sociales à Paris ?

— Je ne suis pas au courant. Ils se sont occupés de tout.

— Madame, madame, s'il vous plaît. Comment s'appelle ce haut fonctionnaire ?

Elle a donné un nom, et une petite lumière rouge s'est allumée dans mon cerveau. C'était un des types qui venait régulièrement déjeuner avec Alain Charvet dans le restaurant du boulevard de Port-Royal ou dans un autre établissement du quartier.

— Dernière question, a dit Lediacre. Pourquoi vous êtes-vous mis en rapport avec MÔMES ? Comment avez-vous su qu'ils pourraient arranger votre affaire ?

— Ça faisait des années et des années que je galérais. C'était ma dernière chance, vous comprenez...

— Qui ?

— Mon avocat. Maître X est spécialisé dans ce domaine.

Du pluriel, l'avocat était redescendu au singulier. Son nom figurait dans les dossiers que j'avais étudiés : il dirigeait un cabinet fort prospère dans le VIIe arrondissement.

C'était la victoire sur toute la ligne.

En voyant Clotilde verser des larmes de crocodile sur son canapé en cuir, je n'ai pas pu me retenir de lui balancer :

— 150 000 euros... Au fond, c'est le prix des deux voitures qui sont garées devant chez vous.

Dans la Clio, j'ai mis Lediacre au courant pour le type des Affaires sociales.

— Le monde est petit, hein, patron ?

Il a hoché la tête.

— Nous avons donc reconstitué les phases de ce commerce prospère. L'avocat adresse les clients éventuels à Charvet. Charvet les déleste d'une jolie somme en Suisse. Heuzé se charge d'arroser les Birmans et de ramener les bébés en Thaïlande. Et le haut fonctionnaire parisien aplanit les dernières difficultés qui pourraient se présenter.

— Ils doivent lui refiler ses bakchichs à Genève. Sur un autre compte numéroté. Ni vu ni connu.

— C'est probable. Au fait, je vous félicite de votre choix : ce couple était antipathique à souhait.

Il a attendu que nous ayons rejoint la nationale 10 pour tirer la leçon de cette expédition, avec cette vision riante de la condition humaine qui le caractérisait :

— Je pense à cette fillette qui dormait derrière la porte. Elle va grandir entre Clotilde et son gigolo. Cela ne m'étonnerait nullement que ledit gigolo lui apprenne les choses de la vie quand elle sera nubile. D'ici une douzaine d'années... Dans une écurie, sur un tas de paille... Mais, mon Dieu, son destin n'était-il pas de terminer dans une maison close ?

12

Quelques jours plus tard, grâce aux écoutes du portable d'Alain Charvet, nous avons appris que Pierre-Guillaume Heuzé avait débarqué à Roissy, et qu'il était allé se reposer chez une de ses admiratrices à Biarritz : une ancienne maîtresse pleine aux as, et évidemment, généreuse donatrice de MÔMES. PGH était fidèle en amitié ; il maintenait le contact avec ses ex, pourvu qu'elles mettent toujours la main au portefeuille.

Cependant, comme je l'ai déjà expliqué, Lediacre se moquait pas mal de savoir où était PGH et à quoi il occupait son temps.

Du côté de la centrale de Melun, Jean-Louis avait lui aussi progressé. Khaled était entré en rapport avec Mehmet Zolku et n'avait eu aucun mal à lui tirer les vers du nez. Ali le Tchétchène était vantard par nature, et il racontait à qui voulait l'entendre qu'il avait obtenu son permis de séjour en dézinguant un mec pour le compte d'un type très connu. S'il n'allait pas jusqu'à donner les noms des intéressés, il avait précisé à Khaled que la victime était un « chinetoque » et le commanditaire « une sorte de médecin sans frontières ».

Un soir, Lediacre nous a annoncé que le feu vert très pâle de la place Beauvau était devenu orange, et qu'il croyait en deviner la raison.

— Hélène, si vous avez un moment de libre, j'aimerais que vous élargissiez la liste des couples qui ont adopté récemment par l'intermédiaire de MÔMES. Jusque-là, nous nous en sommes tenus aux huit derniers mois. Pourriez-vous remonter trois ou quatre ans en arrière?

Avec lui, les « moments de libres » ne le restaient jamais très longtemps... Mais les corvées qu'il vous imposait s'avéraient souvent productives. À la fin du mois de mai, j'ai pu lui donner quelques noms intéressants. La fille aînée d'un ancien ministre, un couple de comédiens plus ou moins connus, et quelques autres people ou semi-people en mal d'enfant avaient réussi à accélérer notablement les procédures administratives.

— Heuzé a rendu service à beaucoup de monde, patron. C'est pour lui une assurance tous risques. Non seulement il leur a piqué de l'argent, mais aujourd'hui il les tient par la barbichette. Ça ne me surprendrait pas vraiment si le feu orange passait au rouge.

Lediacre a ri.

— Grâce à vos découvertes, Hélène, nous savons que nos supérieurs hiérarchiques vont bientôt nous signifier leur veto, alors qu'eux-mêmes ne le savent pas encore! Vous avez raison, ces gens-là doivent être en train de remuer ciel et terre pour que le secret soit préservé.

Qu'avait-il en tête à ce moment-là? À vrai dire, je ne crois pas qu'il avait élaboré un plan définitif. Il explorait encore les différentes possibilités, il réfléchissait à la manière dont il allait abattre ses atouts. Et, comme toujours, il se laissait une marge de manœuvre suffisante pour s'adapter aux impondérables.

Sans cette souplesse, je me demande comment il aurait réagi à l'entrée en scène de la Flûte Enchantée, car cet élément nouveau allait drôlement nous compliquer la vie. Par bonheur, Lediacre aimait les double fonds, les agents triples, les cercles vicieux et les planches pourries. Plus c'était compliqué, plus il se sentait dans son élément.

Dans la police, les embrouilles commencent en général par un coup de téléphone. Un beau matin, on m'a appelée sur mon portable.

— Vermeulen ?

— Oui, c'est moi.

— Thirion. Est-ce que votre patron est là ?

— Vous voulez que je vous le passe ?

Il m'a raccroché au nez.

Le commissaire divisionnaire Frédéric Thirion, au cas où vous ne le sauriez pas, est une vraie star chez les flics. À tout juste quarante ans, il a la haute main sur les putes, les proxénètes, l'esclavage moderne et les réseaux pédophiles. Pour lui, c'est une croisade. Il poursuit le crime comme d'autres rentrent dans les ordres. Célibataire, sans enfants, il travaille sept jours sur sept, douze mois par an. Les gens de son service peuvent l'appeler – ou plutôt doivent l'appeler – à 3 heures du matin, même pour un truc banal. Et comme personne n'est parfait, son portrait serait incomplet si l'on omettait un certain faible pour les médias. Quand il ne passe pas dans un documentaire télévisé à 22 h 45, Thirion accorde une interview à un quotidien ou ouvre ses bureaux à un hebdo.

J'ai l'air de me moquer, et effectivement je me moque, mais c'est tout de même ce qu'on appelle un grand flic. Je le connais un peu pour avoir collaboré avec lui dans une sombre affaire de club échangiste, et surtout parce que l'une de mes meilleures amies, avec qui j'étais à l'école de Cannes-Écluse, est capitaine dans son service.

Il avait dû m'appeler de la rue, pour s'assurer que Lediacre était au nid : j'ai à peine eu le temps d'aller prévenir mon patron que déjà il déboulait comme un fou furieux.

Il a commencé à hurler sur le palier du premier étage :

— Lediacre ! Espèce de rat !

L'intéressé est apparu sur le seuil de son bureau, et moi, j'ai assisté à la scène par la porte grande ouverte du mien.

Thirion a parcouru toute la longueur du couloir en roulant les mécaniques :

— Tu essaies de me faire des enfants dans le dos ! Allez, laisse-moi entrer.

Avec un calme imperturbable, Lediacre a répondu :

— Nous serons aussi bien dans le couloir, si j'en juge par ton attitude assez discourtoise.

Et il s'est campé en travers de sa porte.

— Tu croyais qu'Interpol ne me préviendrait pas ? s'est exclamé Thirion. Espèce de faux-derche !

— Je te confesse que j'ai un peu de mal à suivre ton raisonnement.

— Tu crois que je vais gober ça ? C'est facile de doubler les collègues quand on ne respecte pas les règles. Tu continues à entretenir je ne sais combien de tontons, alors que pour nous ça devient la croix et la bannière. Et les indics ne te suffisent pas ! Tu montes des coups tordus dans ton coin en envoyant chier les juges ! Oui, c'est facile quand on triche !

— Ce résumé de mes activités n'est pas entièrement dénué de pertinence.

— Tes magouilles foireuses, je m'en branle à deux

mains. Mais je ne peux pas supporter que tu viennes piétiner mes plates-bandes.

— Bien que tu refuses de me croire, j'ignore de quoi tu parles.

Thirion a eu un moment d'hésitation. Un doute l'a saisi.

— Interpol m'a appelé tout à l'heure pour m'annoncer que tu leur avais demandé de t'envoyer les listings des hôtels de Phuket dans les jours qui ont suivi le tsunami.

— C'est exact. Je m'intéresse à un individu qui est descendu au Siamese Imperial Hotel entre la fin décembre 2004 et le début janvier 2005.

— Putain ! Alors tu avoues ?

— Si tu y vois des aveux, ils sont involontaires.

— Tu essaies de me doubler. Alors que tu sais très bien que la Flûte Enchantée, c'est ma chasse gardée. Ça fait deux ans que je lui colle aux basques. J'ai plusieurs OPJ qui travaillent là-dessus. Et toi tu voudrais tirer les marrons du feu !

— Hum hum, a fait Lediacre.

Son regard s'est vidé de toute expression, tandis que son cerveau se mettait à mouliner à 5 000 tours minute.

Certains s'imaginent peut-être que je voue une admiration sans bornes à Lediacre, voire que je suis amoureuse de lui. Erreur totale. Je n'ai rien d'une midinette, il me fait autant d'effet physiquement qu'un mannequin du musée Grévin, et je suis souvent agacée par ses maniérismes et surtout par sa froideur à la limite de l'inhumain.

Pourtant, c'est vrai, il y a des jours où il me scie. La plupart des gens, moi y compris, ont l'esprit de l'escalier. Je suis drôle, brillante, profonde, avec une heure de retard, quand ça n'a plus aucun intérêt. Ce n'est pas dur d'être géniale toute seule dans son coin. En revanche, neuf fois sur dix, je ne suis sur le moment qu'une pauvre cruche bredouillante.

Lediacre a eu moins de dix secondes pour assimiler la nouvelle, évaluer les perspectives qu'elle lui offrait, et prendre une décision.

À ceux qui ont passé les dernières années à faire de la spéléologie au fond d'un gouffre inaccessible aux ondes hertziennes, je rappellerai que la Flûte Enchantée était le plus illustre pédophile de France, et vraisemblablement du monde. Grâce à Internet, ce taré pouvait donner libre cours à son goût de la provocation et diffuser ses autoportraits en action.

Les médias et le public éprouvaient une fascination malsaine pour cette raclure qui se filmait avec des enfants des deux sexes, totalement à poil, sauf la tête. Il arborait toute une collection de couvre-chefs : passe-montagne de nationaliste corse, cagoule pointue de pénitent espagnol ou de membre du Ku-Klux-Klan, masque en cuir avec laçage sur la nuque, comme les bourreaux du temps jadis. En tant que flic, j'avais pu consulter des photos et des extraits de vidéos non floutées, et voir à quel point ces déguisements rudimentaires rajoutaient encore à l'horreur des scènes de viol.

Je savais par ma copine Virginie que le divisionnaire Thirion aurait donné dix ans de sa vie pour le coincer, et que c'était loin d'être gagné d'avance. La Flûte Enchantée n'était pas seulement un provocateur (il s'était lui-même affublé de ce sobriquet qui devait lui paraître hilarant) : peu de criminels sexuels maîtrisaient à ce point l'art de la manipulation.

Dix secondes plus tard, Lediacre a regardé Frédéric Thirion droit dans les yeux.

— Je consens à oublier – provisoirement – les paroles

malheureuses que tu viens de prononcer. Et je te propose un marché. Je te révèle l'identité de mon client, et toi, tu réponds à une question.

— Vas-y, pose ta question.

— Tu as découvert le nom de la Flûte Enchantée ?

— Oui. Mais tu peux te brosser pour que je te le donne.

— Bien. À mon tour : mon client s'appelle Pierre-Guillaume Heuzé.

— Non !

Thirion tombait des nues. Par un incroyable hasard, deux célébrités françaises, chacune dans son domaine de compétence, s'étaient donc retrouvées dans le même hôtel de Phuket au lendemain du tsunami.

Lediacre ne croyait pas davantage aux hasards qu'aux pouvoirs néfastes des chats noirs et des miroirs brisés. Après le départ de Frédéric Thirion, il est venu s'asseoir dans mon bureau.

— Voyez-vous, Hélène, la souplesse, que de nos jours on préfère appeler flexibilité, est une vertu cardinale dans notre profession. Je ne m'attendais pas à ce que ces deux pistes se croisent. Mais puisqu'elles se sont croisées, nous allons nous efforcer d'en tirer profit.

— C'est quand même inouï, non ?

— Pas du tout. Le père Autexier nous avait mis sur la voie : Heuzé se trouvait à Bangkok au moment du tsunami, et il est arrivé le 29 décembre 2004 à Phuket. Comme je ne sais combien d'autres humanitaires. Il ne faisait finalement que son travail : il devait aussi penser qu'il y avait des orphelins à récupérer.

— Et les pédophiles ont rappliqué juste après le raz de marée pour la même raison.

— Effectivement. D'après un de mes amis à Interpol,

plusieurs enfants européens et des dizaines de petits Thaïlandais sont tombés dans leurs filets. Un prédateur allemand très connu a été repéré sur place. Il visait particulièrement les petits Suédois dont les parents se seraient noyés. Ce que nous disait Autexier à propos de l'adoption vaut également pour la pédophilie : un enfant blond vaut beaucoup plus cher qu'un enfant asiatique.

— La Flûte Enchantée était aussi sur place.

— Eh oui... Dans le même hôtel qu'Heuzé. Ce qui prouve que les pervers et les couples adoptants s'approvisionnent aux mêmes sources.

J'étais habituée aux raccourcis vertigineux de Lediacre...

— Voyez-vous, Hélène, le même phénomène s'est produit lors des inondations catastrophiques de La Nouvelle-Orléans, après l'ouragan Katrina. Imaginez l'aubaine : des centaines d'orphelins, d'enfants livrés à eux-mêmes ou tout du moins mal surveillés par une vieille tante, une voisine ou une assistante sociale débordée. Le tout dans une désorganisation totale des services publics. Rien de plus facile que de faire son marché au milieu des réfugiés... Le FBI a enregistré un nombre assez stupéfiant de disparitions non élucidées...

— Patron, vous ne pensez pas sérieusement que PGH et la Flûte Enchantée se connaissent ?

— Non, je suis persuadé du contraire. Mais des esprits moins lucides pourraient le croire. À mon avis, mon collègue Thirion doit être en train d'y réfléchir. Il s'est montré si désagréable à mon endroit que je ne vois aucune raison de le détromper.

13

Lorsque Jean-Louis Pommérieux est arrivé en début d'après-midi, je lui ai raconté la visite de Frédéric Thirion. Il a poussé un sifflement admiratif :

— La Flûte Enchantée ! Dans le même hôtel que PGH ! Et cet excité de Thirion qui apporte ça au patron sur un plateau !

— Justement, je devine ce qu'il a derrière la tête, et je ne peux pas dire que ça m'emballe.

— Ah, petite ! Depuis combien de temps tu travailles avec Lediacre ? Deux ans, non ? C'est tout à ton honneur d'éprouver encore des scrupules...

Dès que le commissaire nous a appelés dans son bureau, j'ai émis les plus vives réserves à l'égard du plan qu'il s'apprêtait à nous détailler.

Il m'a dévisagée un bon moment, avant de m'expliquer patiemment, comme un prof en face d'une élève un peu dure à la détente :

— Hélène, dans une situation de cet ordre, nous devons nous mettre dans la peau d'un avocat de la défense. Expérience désagréable, j'en conviens, mais toujours riche d'enseignements. Si j'étais l'avocat de Pierre-Guillaume

Heuzé, ce qu'à Dieu ne plaise, je me rabattrais sans l'ombre d'une hésitation sur un des grands classiques de la plaidoirie : monsieur le président, ce dossier est vide.

— Pas si vide que ça ! On a encore des moyens de le remplir pour coincer PGH à la loyale.

— Non, Hélène, je vous assure. De vieilles histoires remontant aux calendes grecques. Des délits commis dans des pays lointains. Des transactions effectuées en Suisse ou dans d'autres paradis fiscaux. Jean-Louis, vous partagez mon analyse, je présume ?

— Un peu que je la partage ! On n'a rien. Peau de zob ! Walou ! Surtout qu'un gars comme PGH peut engager les meilleurs baveux.

— Tout de même, patron, ai-je insisté, les bébés à 150 000 euros...

Comme il avait déjà répondu à mon objection, il n'a pas jugé utile de se répéter. Alors j'ai fait une ultime tentative :

— Personne n'y croira. Heuzé a une réputation d'homme couvert de femmes. Pensez aux deux bombes sexuelles de San Francisco sur les photos de l'inspecteur des impôts.

— Hélène, sachez qu'en matière de sexualité tout est possible. Vous connaissez Georges Feydeau ?

— Patron, vous vous fichez de moi.

Comme il m'assurait qu'il était sérieux, je lui ai dit que ce nom évoquait pour moi des pièces de boulevard avec des cocus, des portes qui claquent et, planqués dans des armoires, des amants équipés de fixe-chaussettes et de moustaches en crocs. Il m'a alors exposé un épisode assez édifiant de sa biographie. Georges Feydeau était lui aussi couvert de femmes : une épouse, des maîtresses régulières, des aventures avec ses admiratrices, et, comme si cela ne suffisait pas, des visites fréquentes dans les fameux lupanars de la Belle Époque. Et puis, pendant la Première Guerre mondiale, à cinquante ans révolus, il est devenu blasé. Pour lutter contre le spleen, il a décidé de varier les plaisirs et de poursuivre les grooms dans les hôtels parisiens et les petits chasseurs des restaurants.

— En outre, vous savez comment sont les gens, a conclu Lediacre. Ils aiment bien salir les célébrités. Pensez à ces magazines qui montrent en gros plan les bourrelets de cellulite des actrices ou leurs boutons sur le nez. Un individu qui s'occupe d'orphelins au pays des massages thaïlandais… Ne vous inquiétez pas, Hélène, les accusations les plus viles paraîtront tout à fait naturelles.

Sentant ma résistance s'effriter, il a ajouté sur un ton de comédien :

— Je vous le concède, ce sont des procédés de basse police. Je n'en suis pas fier… mais que voulez-vous, Hélène, n'oubliez pas que j'ai vingt familles à nourrir.

J'en ai eu un haut-le-corps. Tandis que le sol se dérobait sous mes pieds, j'ai soudain compris comment son plan allait s'articuler en deux phases. Un plan qui, sans exagérer, frisait les frontières de l'ignominie.

Bien entendu, j'ai ravalé mon respect maladif de la déontologie policière et de la décence humaine. Cela se terminait toujours par ma reddition en rase campagne. En ignorant le sourire narquois de Pommérieux, j'ai écouté les instructions de Lediacre.

— Jean-Louis, vous allez réactiver dès aujourd'hui notre vieil ami Étienne Plomeur.

— C'est vrai, Plomeur nous doit encore un petit service.

— De mon côté, je vais recontacter M. Jacques Petit. Vous vous étiez bien entendue avez lui, Hélène ?

— Oui, je crois.

— Notre problème, c'est que ce vieux monsieur ne doit pas savoir utiliser un ordinateur. Que diriez-vous d'aller passer deux jours à Menton pour lui enseigner les rudiments du surf informatique ?

Nous avons commencé par Étienne Plomeur, quarante-six ans, marié, père de deux enfants, cadre dans une grande entreprise d'électricité, et fervent collectionneur de vidéos très spéciales.

De temps en temps, je voyais ainsi resurgir à la surface un fantôme du passé de Lediacre et de Pommérieux – un individu qui pour une raison ou pour une autre avait une dette envers eux.

Le pedigree de Plomeur était classique. On apprend régulièrement par les médias qu'un vaste coup de filet a été lancé contre un réseau pédophile dans plusieurs pays. Les journalistes se gargarisent avec les dizaines de pervers arrêtés et les dizaines de milliers de photos saisies. Ils ajoutent que le matériel pornographique était tellement écœurant que les policiers ou les gendarmes, pourtant endurcis par l'expérience, sont sortis des séances complètement révulsés.

Eh bien, les soixante-dix pèlerins placés en garde en vue sont des Étienne Plomeur. Des malades qui portent en eux depuis l'enfance des images complètement débiles, qui en sont obsédés, et qui se masturbent en regardant des viols d'enfants asiatiques ou sud-américains sur l'écran de leur Dell ou de leur Hewlett Packard. Plomeur, son truc, c'étaient les petites filles.

Il s'était fait choper en 1996. Condamné pour simple détention, il n'avait pas purgé de prison ferme. Son employeur ne l'avait pas viré, sa femme était restée, on ne lui avait pas retiré ses deux fils. La Justice est indulgente avec les primo-délinquants et, en ce qui me concerne, je suis assez d'accord : le remède est parfois pire que le mal. À condition qu'il n'y ait pas de récidive.

Mais le vice ne se commande pas, et Plomeur avait récidivé. C'était plus fort que lui, il avait fallu qu'il se procure de nouveaux DVD.

Jean-Louis, avec l'accord de Lediacre, lui avait arrangé le coup tout en réunissant bien sûr un dossier accablant.

— Tu vois le topo, Hélène. Je le laisse se pignoler deux fois par semaine avec ses petits films bien dégueulasses. D'ailleurs, à mon avis, ça lui fait du bien de faire dégorger le poireau, ça l'empêche de passer à l'acte. Et grâce à mon immense mansuétude, je le tiens par les couilles. Elles sont maintenues bien serrées dans mon étau, et je n'ai qu'à tourner la manivelle pour les lui broyer.

Nous sommes allés l'attendre en voiture, un soir, à la sortie de son boulot. Il est monté à l'arrière. C'était moi qui conduisais, et Jean-Louis s'était réservé la place du mort. C'est drôle, mais même des professionnels comme nous deux, habitués à coudoyer les déchets de l'espèce humaine, nous évitons de nous asseoir à côté de ce genre de client.

Dans mon rétroviseur, je contemplais Monsieur Tout-le-monde : veste beige sur polo noir, lunettes aux fines montures métalliques, cheveux châtains clairsemés, ni beau ni laid, moyen en tout. L'homme de la rue, le citoyen lambda, le mec quelconque.

— Salut, Étienne, a dit Jean-Louis. On a un petit travail pour toi. Une mission de confiance.

— Vous ne pouvez pas...

— Si, on peut.

— Ah ! vous abusez parce que je ne peux pas refuser.

— Oui, les flics abusent toujours, c'est dans leur nature.

Alors mets-y un bouchon et écoute. Tu vas prendre rendez-vous pour la semaine prochaine avec Pierre-Guillaume Heuzé.

— Le type des orphelinats ?

— *Yesss.* Pour décrocher un rencard avec une vedette de son acabit, il va falloir lui faire miroiter du bon gros pognon. Ta mère a l'intention de...

— Ma mère est morte.

— Eh bien c'est parfait, au moins elle ne viendra pas te contredire. Donc, ta vieille maman n'est pas loin de calancher, et elle souhaiterait faire un legs important à MÔMES, l'association d'Heuzé. Tu te saperas comme un milord pour que ça sonne vrai.

— Vous voulez que je me renseigne sur les modalités pratiques d'un legs à une ONG.

— *Yesss.* Les ONG adorent les legs.

— Quel montant ?

— 200 000 euros, c'est son tarif. Attention ! Tu ne prendras quand même pas l'air trop extatique : c'est du pognon dont tu ne verras pas la couleur. Mais bon, tu es obligé de respecter les dernières volontés de la vioque sur son lit de mort.

Étienne Plomeur a hoché la tête, résigné. Il a seulement commenté :

— Jusque-là, c'est facile. J'imagine que les problèmes démarrent ensuite.

Assis sur sa jambe gauche à moitié repliée sous son corps, Pommérieux était tourné vers l'arrière de la voiture.

— Tu imagines bien. Les flics vont penser que tu venais lui acheter des DVD. Il est probable que tu seras également auditionné par un juge d'instruction. Voilà ce que tu leur répéteras inlassablement, jusqu'à ce qu'il en ait marre de t'entendre. Primo, tu as rencontré PGH autrefois en Thaïlande. Tu es bien allé là-bas, n'est-ce pas ?

— En 94 et en 95.

— Secundo, tu ignores absolument pourquoi il parle de ta mère décédée et d'un legs éventuel à son association. Tertio, c'était une visite amicale, nullement motivée par l'achat de quelque matériel pornographique que ce soit.

— Qu'est-ce que je risque?

— Rien, à condition que tu planques toute la merde que tu détiens chez toi. Heuzé ne vend pas de films pornos. Les flics ne pourront rien prouver. En cas de confrontation, c'est la parole de l'un contre celle de l'autre. Au pire, tu devras te fader quarante-huit heures de garde à vue.

— Alors que si je refuse…

— Pourquoi parler de choses désagréables?

Jean-Louis m'a touché le bras droit.

— Arrête-toi au prochain feu. Il y a une bouche de métro de l'autre côté de la rue. Notre copain Étienne va rentrer chez lui faire un peu de ménage dans son ordinateur, comme ça, il aura l'esprit libre pour passer son coup de fil à PGH dès demain matin.

Plomeur est descendu en silence, et nous l'avons suivi des yeux tandis qu'il se dirigeait vers l'entrée de la station.

— Il y a un truc qui m'échappe, Jean-Louis. Comment les collègues seront-ils au courant de cette rencontre entre Heuzé et cette lope?

Pommérieux a tiré à fond sur sa gitane, marqué un temps d'arrêt pour garder la fumée le plus longtemps possible dans ses poumons, et expiré en ricanant.

— Hé! Hé! Hé! Il faut sortir un peu, petite. Ce matin, avant que le coq chante, les zouaves de Thirion ont installé un gros soum sous le métro aérien, à moins de 100 mètres du siège de MÔMES.

Le lendemain, je me suis envolée pour Nice avec Lediacre. C'était le début du mois de juin, et il faisait déjà trop chaud pour une fille de Dunkerque. Nous avons loué une petite voiture, et j'ai pris la route de Menton. Sur notre droite, nous apercevions des baigneurs et des gens qui se faisaient cuire en plein soleil.

Jacques Petit nous attendait sous un palmier, près du banc où nous avions bavardé la fois précédente. Il paraissait encore plus pâle que dans mon souvenir, peut-être parce que tous les passants étaient bronzés. Lediacre lui a fait signe de monter à l'arrière. Désormais, nous devions faire très attention à ce que personne ne nous voie ensemble.

J'ai roulé jusqu'à Roquebrune-Cap-Martin, et là nous nous sommes installés à une terrasse de café bien ombragée. Autour de boissons glacées, Lediacre lui a exposé la situation, avant de lui faire la proposition la plus insensée que j'aie jamais entendue dans la bouche d'un poulet.

— C'est comme au cinéma, monsieur Petit. Vous voyez ce que je veux dire ? Un personnage va être précipité du haut d'une falaise et, au dernier moment, dans un effort surhumain, il parvient à entraîner l'assassin dans sa chute.

Jacques Petit lui a donné aussitôt son accord.

— C'est le plus beau cadeau qu'on m'ait fait de toute ma vie, commissaire. Vous m'offrez une chance de me racheter, de partir l'esprit en paix.

Le contrat étant scellé, Lediacre lui a expliqué jusque dans les moindres détails comment il allait pouvoir venger son fils, Patrick Phuong.

J'ai raccompagné mon patron à l'aéroport de Nice, et j'ai pris une chambre en ville, avec une réservation pour trois nuits. Ensuite, j'ai ouvert une université du troisième âge.

L'ordinateur portable provenait d'un stock volé au cul

d'un camion et récupéré par Lediacre un an plus tôt. Impossible de remonter la filière. La collection de DVD avait été fournie par un capitaine de gendarmerie auquel Lediacre avait un jour rendu un très grand service. Il se trouve que les gendarmes sont extrêmement compétents en matière d'informatique et de pédo-pornographie. Ces films avaient tous été tournés en Thaïlande ou aux Philippines.

À presque quatre-vingts ans, ce n'est pas une partie de plaisir que de s'initier au maniement d'un portable. Jacques Petit a tout de même réussi à mémoriser les gestes de base. Les leçons ont eu lieu dans ma chambre d'hôtel, car il n'était pas question que j'aille chez lui. Au bout d'une journée et demie de formation accélérée, il savait recharger la batterie, introduire un DVD et le manipuler dans tous les sens.

Chaque fois qu'une scène répugnante apparaissait sur l'écran, il détournait le regard. Il ne protestait pas, il ne jouait pas les vierges effarouchées, il évitait simplement de se salir les yeux. Cela me l'a rendu un peu plus sympathique.

À la fin, juste avant de le quitter, je n'ai pas pu me retenir de lui exprimer mon sentiment :

— En toute franchise, je trouve ça incroyable ce que vous allez faire. Il faut un courage…

— Vous n'avez pas d'enfant, inspectrice. Moi, j'ai eu un fils. Et je n'étais pas là quand il a eu besoin de moi.

Tout était dit.

J'ai nettoyé l'ordinateur avec un soin méticuleux, de manière qu'il ne reste ni empreinte ni trace ADN. Puis j'ai ramené M. Petit à Menton. Il m'a serré la main.

Aujourd'hui, en écrivant ces lignes, je revois la scène comme si j'y étais. La promenade du bord de mer avec des vieillards promenant des petits chiens. Quelques palmiers. À droite, la Méditerranée. À gauche, la montagne qui se dresse tout de suite au-dessus des constructions. Et un vieux monsieur très malade, voûté, épuisé, s'éloignant à pas lents, un ordinateur portable à la main.

Un vieux monsieur très dangereux. On ne se méfie jamais assez des gens qui vont bientôt mourir.

Un gros soum, dans notre jargon, c'est un véhicule utilitaire de grande taille (type fourgon de 1,90 mètre de haut) aménagé en sous-marin pour la surveillance : un ou deux bancs fixés sur les côtés, un trou pour faire pipi, et à l'arrière un miroir sans tain. Les hommes de Thirion avaient bien entendu disposé le hayon de leur Renault Trafic crème vers l'immeuble de MÔMES, si bien que nous avions très peu de chances de nous faire repérer en passant de l'autre côté du boulevard Auguste-Blanqui.

Quand Pierre-Guillaume Heuzé séjournait en France, il regroupait au maximum ses rendez-vous. Cette fois-ci, son plan médias comportait plusieurs télés, quelques radios et une série d'interviews dans la presse écrite. C'était donc un défilé permanent de visiteurs au siège de l'association, dont nous avions un écho en écoutant le téléphone portable d'Alain Charvet. Pourtant, bien que surbooké, PGH avait facilement trouvé un créneau pour recevoir un pékin dont la mère agonisante voulait absolument lui léguer 200 000 euros.

Jean-Louis avait pris sa petite Citroën, et je m'étais installée à côté de lui avec un béret en coton pour planquer mes cheveux blonds et une paire de lunettes de soleil. Jean-Louis, pour se marrer, s'était carrément collé une fausse barbe. Précautions aussi grotesques qu'inutiles.

À l'heure dite, Étienne Plomeur est sorti du métro

Glacière. Il portait un polo et un costume en lin clair. Il avait l'air friqué, sans être ostentatoire. Il a traversé la chaussée et s'est dirigé tout droit vers les locaux de MÔMES.

— Vas-y, Étienne, a murmuré Pommérieux dans sa fausse barbe. Joue-nous ça finement.

Nous l'avons suivi des yeux jusqu'au moment où il a poussé la porte. Jean-Louis a démarré, tourné rue de la Santé afin de contourner le pâté de maisons. Puis il est remonté par la rue de la Glacière et s'est rangé en double file à un endroit où l'on apercevait, entre deux barres d'immeubles, la fenêtre du bureau d'Alain Charvet.

Quand il était à Paris, PGH occupait le bureau de son homme de confiance...

J'ai braqué mes jumelles sur le rez-de-chaussée. La fenêtre était grande ouverte ce jour-là, car il devait faire au moins 26 ou 27 °C. J'ai aperçu le costume de Plomeur, puis une sihouette derrière lui. Une chemise d'un rouge terne : Heuzé venait de l'introduire dans le bureau. Ils sont restés debout l'un en face de l'autre pendant quelques secondes, avant de disparaître de mon champ de vision, sans doute pour aller s'asseoir.

C'était la première fois que j'observais Pierre-Guillaume Heuzé en chair et en os. Une image lointaine et fugitive, bien sûr. Elle avait pourtant l'avantage d'être authentique, de trancher avec le monde virtuel des photographies et des émissions de télé.

Nous n'avons pas traîné. Il n'était pas question de courir de risques inutiles. Nous sommes allés nous garer dans une contre-allée de la place d'Italie. Jean-Louis est resté au volant, pendant que j'allais m'assurer que les OPJ de Thirion ne filaient pas Plomeur. Au bout d'une demi-heure environ, ce dernier est passé sur le trottoir opposé.

J'ai appelé Pommérieux sur mon portable :

— Pas de problème, Jean-Louis. Il n'a personne au train.

De loin, j'ai vu Étienne Plomeur arriver place d'Italie, chercher la C2 des yeux, puis monter à côté de mon vieux camarade.

Je me suis tenue à distance, car ma présence n'était pas indispensable : Jean-Louis m'avait dit que Plomeur était gêné de parler de ses cochonneries devant une femme. Ce type de délinquant sexuel a en permanence un pied dans le délire, l'autre dans la réalité. Plomeur continuait à exercer un métier honnête, à vivre avec une femme, à élever deux garçons. Bref, autant respecter sa pudeur et le laisser en tête à tête avec son « officier traitant ».

Le debriefing n'a duré que quelques minutes. Plomeur est ressorti de la voiture et s'est engouffré aussitôt dans la bouche de métro la plus proche.

J'ai rejoint Jean-Louis, qui a levé le pouce en m'apercevant.

— Tout baigne. Il lui a sorti le laïus qu'on avait préparé. Il paraît qu'à la fin de leur discussion, Heuzé a eu l'air un peu méfiant. Mais rien de grave. De toute façon, Étienne a fait le plus gros de son boulot.

— Il faudra encore qu'il tienne le coup pendant les interrogatoires.

— Je ne suis pas inquiet. Il a beaucoup plus peur de nous que des lascars de Thirion. En dehors des photos de gniards, ce n'est pas un crétin congénital, le père Étienne. Sans cette manie de la branlette à deux mains, on pourrait presque le considérer comme un gars franc du collier.

14

L'art de la manipulation policière, selon Lediacre, ressemble à la pâtisserie. Il faut réunir les ingrédients, mélanger, battre vigoureusement, enfourner. Ensuite, c'est une affaire de temps de cuisson.

Il ne s'est rien passé pendant quinze jours, ou presque. En dehors de sa tournée matinale des hypermarchés, Jean-Louis musardait. Moi, comme j'avais terminé une autre enquête, j'avais presque quartier libre. C'était toujours comme ça avec Lediacre : le calme plat entre les tempêtes.

Nous continuions à écouter les conversations de Charvet, pour la forme, et à nous réunir une fois par jour, en fin d'après-midi. Car il faut toujours garder un œil sur le four, si on ne veut pas avoir un gâteau brûlé ou boursouflé.

C'est ainsi que Jean-Louis a pu nous donner des nouvelles d'Étienne Plomeur.

— Il a été convoqué chez Thirion. Ils l'ont bien fait chier. Huit heures d'interrogatoire, avec trois gus qui se relayaient. Mais il s'en est tenu à sa version : il a rencontré PGH en Thaïlande dans les années 1990, et depuis ils se voient de temps en temps.

— Pas de menaces particulières ? a demandé Lediacre.

— Pas encore. Ils lui ont juste dit que ses déclarations ne coïncidaient pas du tout avec celles de PGH. Et que s'il s'obstinait, la juge d'instruction organiserait une confrontation.

Lediacre s'est tourné vers moi :

— Qu'en déduisez-vous, Hélène?

— Que nos collègues sont déjà allés voir Heuzé. Et que la juge suit les choses de très près. Ça prend forme.

— *Yesss*, a renchéri Jean-Louis. Tout baigne.

Celui-ci avait de véritables tics de langage. Il adoptait une expression argotique, nous en rebattait les oreilles pendant un mois ou deux, et l'abandonnait aussi brutalement qu'il l'avait adoptée. À cette époque, il nous servait des « *yesss* » matin, midi et soir. Et des « tout baigne » entre deux « *yesss* » pour faire bonne mesure.

— Puisque nous avons un moment, a dit Lediacre, nous allons aborder la question épineuse de la juge Torricelli.

Pommérieux a émis son rire caverneux de fumeur de brunes.

— C'est la question qui est épineuse, ou bien la juge?

Et Lediacre a répondu :

— Les deux, Jean-Louis. Les deux.

J'ai appris la suite par ma copine Virginie. Comme je l'ai déjà dit, c'est une de mes meilleures amies, et j'ai beaucoup d'admiration pour elle. Nous nous sommes connues à l'école de Cannes-Écluse, dont elle est sortie parmi les toutes premières. Elle a commencé sa carrière d'officier de police à la brigade des mineurs. C'était ça qu'elle voulait faire depuis toujours. Mais, petit à petit, le boulot l'a minée.

Moi, je ne crois pas que j'aurais le courage de retrouver semaine après semaine les mêmes larves : le beau-père qui pelote sa belle-fille de onze ans sous la douche, le grand-père qui abuse de son petit-fils, le frère qui se farcit sa petite sœur, et la mère qui n'a rien vu, rien entendu, rien soupçonné. C'est d'autant plus insupportable qu'on est dans le quotidien, le normal, le banal. À mes yeux, il faut être beaucoup plus endurci pour traiter ce type de criminels que pour faire la chasse aux gros tarés des réseaux pornos, qui présentent au moins un aspect pittoresque.

À force, Virginie en a eu assez de ce jus de slip sordide dans lequel macèrent les pauvres gamins, des excuses larmoyantes des violeurs, de la lâcheté révoltante des mères (chaque fois que j'ai été mêlée à une de ces histoires, la mère silencieuse m'a encore plus écœurée que son mâle en rut). Elle a donc rejoint le service de Thirion, où elle s'occupe exclusivement des prostituées. Vous me direz que ce n'est pas tellement plus folichon. Je vous assure que si : une Ukrainienne ou une Ghanéenne de vingt ans, cela n'a strictement rien à voir avec une petite fille terrorisée qui serre son ours en peluche dans ses bras.

Nous avons des tempéraments différents. Moi, je me suis rendu compte que j'étais une flic à 100 %, une pure enquêteuse, alors qu'elle présente un net côté assistante sociale.

Deux semaines environ après que Lediacre eut mis son gâteau au four préchauffé, Virginie est venue dîner chez moi, rue Lecourbe. Dîner est un grand mot : nous avons mangé des fruits et des yaourts 0 % parce qu'elle est perpétuellement au régime. La conversation a commencé comme d'habitude par des jérémiades sur nos déboires sentimentaux respectifs. Et puis nous en sommes venues à parler boutique.

Après quelques anecdotes croustillantes, elle s'est exclamée :

— Hélène, tu ne vas pas me croire, mais mes collègues

du groupe « pornographie infantile » viennent de serrer un pointeur de quatre-vingts balais.

Mes oreilles se sont dressées, et j'ai feint la surprise :

— Non ! Quatre-vingts ans ? Quelle santé ! Vous l'avez attrapé où ?

— Sur la Côte d'Azur. À Menton, je crois. Le pervers pépère s'est fait repérer en allant consulter un site de cul dans un cybercafé. Le gérant l'a remarqué tout de suite. Il a prévenu les flics. Je ne connais pas les détails, mais les collègues de Nice n'ont eu aucun mal à le loger. Chez lui, il visionnait des DVD tournés en Asie sur un ordinateur portable, mais il en avait marre de regarder tout le temps les mêmes films, et il cherchait à s'en procurer d'autres.

— Bah ! Il ne doit pas être le seul vieux porc à se tirer sur l'élastique.

— Attends, Hélène ! Attends la suite ! L'ancêtre a un cancer en phase terminale. Un cancer de la peau, avec des métastases en veux-tu, en voilà.

— Bon débarras ! Tu veux une tisane bio ? J'ai « Circulation sanguine » ou « Nuit paisible ».

Je jouais l'indifférence pour la titiller – et l'amener subtilement à me faire des confidences qu'elle aurait dû garder pour elle.

— Attends, Hélène, ce n'est pas fini. Tu ne devineras jamais ce que les collègues ont découvert. Le vieux a passé la moitié de sa vie en Thaïlande et au Vietnam. Et, là-bas, il a bien connu un très très gros bonnet de l'humanitaire. Un type qu'on voit tout le temps à la télé. Je ne peux pas te donner son nom... Secret défense... Tout ce que je peux te dire, c'est qu'il est super-classe et plutôt beau mec... Mais sous couvert de recueillir les gamins des rues, ce salopard est un pointeur de première.

— Un grand classique, ai-je conclu, avant de détourner la conversation.

Je sais, je sais, ce n'est pas beau de tirer les vers du nez d'une copine. Mais je ne lui avais rien demandé. Et, évidemment, je n'ai pas révélé ma source à Lediacre. Le lendemain, je lui ai juste dit que j'avais eu vent d'une arrestation effectuée par les hommes de Thirion près de Menton.

Comme il est extrêmement correct, il n'a pas voulu en savoir davantage :

— Je présume que vous avez appris la nouvelle par un canal amical ?

— Oui, patron.

— Alors pas un mot de plus. Merci, Hélène.

Il a laissé passer un petit moment avant d'ajouter :

— Bien qu'elle ne m'étonne pas vraiment, l'attitude de Jacques Petit est remarquable. Vous aussi, vous avez dû en voir, des vengeurs furibonds. Moins que moi, parce que vous êtes plus jeune dans le métier, mais tout de même un certain nombre. Des excités qui jurent dans les couloirs des Palais de Justice d'abattre l'assassin de leur fils, de leur frère, de leur père, de leur ami. Combien de fois les avons-nous entendus clamer d'une voix martiale : « Je te ferai la peau à ta sortie de prison ! J'attendrai vingt ans s'il le faut ! » Et puis, le jour où le condamné est élargi, plus rien, personne. Les seuls qui tiennent leur promesse, ce sont des gens du voyage, des Maghrébins, des mafieux italiens, arméniens, albanais. Des gens frustes, nés dans des sociétés moins sophistiquées que la nôtre. Je me suis souvent demandé si le respect de la loi n'était pas une preuve de lâcheté. S'en remettre à l'État pour venger un proche, c'est se dédouaner de toute obligation. Les Français pleurnichent, les Français pardonnent, ils ne tuent pas.

— Dans ce cas, pourquoi avez-vous fait confiance à Petit ? Parce que c'est un ancien militaire ?

— Pas du tout, Hélène. Au fond, un ancien militaire n'est rien d'autre qu'un civil. Non, c'est l'aventurier qui va se venger, l'Européen tanné par l'Asie.

Comme il semblait d'humeur à faire des confidences, j'en ai profité pour lui poser une question qui me turlupinait depuis un certain temps :

— Et si jamais les hommes de Thirion découvrent le lien entre Jacques Petit et Patrick Phuong ?

— C'est un pari, effectivement. S'ils cherchent, ils finiront par le découvrir, malgré les deux patronymes différents. Mais à mon avis, ils n'éprouveront aucun soupçon face à un vieillard à l'agonie, qui de surcroît avoue une telle ignominie. Non, je vous rassure, Hélène, notre plan se déroule comme prévu. À moins d'une immense surprise, nous devrions bientôt avoir le privilège et la joie de faire la connaissance du juge Torricelli.

15

Le plan de Lediacre reposait aussi sur la personnalité d'Aline Torricelli. Si le divisionnaire Thirion avait travaillé dans le cadre d'une commission rogatoire délivrée par un juge d'instruction sérieux, discret et pondéré, notre manipulation n'aurait pas fonctionné. Le magistrat en question aurait eu des doutes, il aurait pesé le pour et le contre, bref, il aurait fait preuve de discernement – la qualité numéro un, selon moi, pour les fonctionnaires qui détiennent une autorité, qu'ils soient juges ou policiers.

Le discernement, heureusement pour nous, n'était pas la vertu cardinale d'Aline Torricelli. À cinquante-trois ans, elle était une des vedettes de la Justice française. Ancienne militante trotskiste, puis responsable syndicale, elle s'était fait un nom en poursuivant des hommes politiques et des patrons pour abus de biens sociaux. Le matin, les gros bonnets arrivaient à son cabinet en Safrane avec chauffeur, et le soir ils devaient retirer leur cravate à 200 euros, leur ceinture en croco et les lacets de leurs Church's. Sa passion, c'était de dégonfler les baudruches, de pousser au désespoir les types qui s'étaient toujours crus au-dessus des lois.

D'un certain point de vue, j'applaudissais des deux mains. Sa croisade ressemblait un peu au travail que j'accomplissais sous les ordres de Lediacre. Comme lui, elle dégommait des intouchables. Ce que j'appréciais beaucoup moins, c'était son goût pour le vedettariat : elle avait déjà écrit deux livres, elle passait de temps en temps à la télé. Et sa manie de violer sans arrêt le secret de l'instruction me heurtait. Les conversations qui se tenaient dans son cabinet de magistrat se retrouvaient le lendemain dans des journaux où écrivaient ses anciens copains gauchistes. Ses détracteurs avaient beau jeu de clamer que ses deux armes favorites étaient la détention provisoire abusive et les fuites orchestrées dans la presse.

Qu'est-ce qu'un bon magistrat? La réponse est simple : c'est quelqu'un que vous n'avez jamais vu à la télé, et même dont vous ne connaissez pas le nom. Il y a des professions qu'on n'exerce bien qu'à l'abri des regards. Si vous voulez faire admirer votre profil grec, devenez chanteur, acteur, sportif ou homme politique. Mais n'entrez pas au service de l'État.

Un jour, Aline Torricelli en a eu assez des emplois fictifs et des trafics d'influence. Elle a voulu brasser de la vraie violence, elle a exigé du brutal. D'après certaines sources, elle aurait alors tenté de se faire muter à l'antiterrorisme. Mais c'est une spécialité délicate, qui ne tolère guère l'amateurisme. Or, j'ai oublié de préciser que les méthodes flamboyantes de Torricelli s'accompagnent d'un dédain marqué pour la paperasse. Ses dossiers sont tellement mal ficelés qu'elle collectionne les non-lieux et les vices de procédure. D'où les deux surnoms dont elle est affublée au Palais de Justice de Paris : Torquemada pour ses tortures morales dignes de l'Inquisition, Tortellini pour ses fiascos ridicules.

Après le patron voyou et le politicien véreux, elle s'était donc rabattue sur le Satan des temps modernes : le pédophile. Elle avait instruit l'affaire du réseau du Sud-Ouest – et à présent elle dirigeait en personne la traque de la Flûte Enchantée.

C'est dans ce cadre qu'elle nous a convoqués tous les trois un mardi matin, à la fin du mois de juin.

Nous sommes arrivés un peu avant 10 heures. Comme prévu, Lediacre est passé le premier. Je me suis assise sur un banc avec Jean-Louis Pommérieux, et nous avons regardé défiler les gens dans le couloir : avocats pressés ou feignant de l'être, voyous de banlieue, délinquants en col blanc. Cela me rappelait mes années passées à l'Office des stups : j'étais toujours capable de repérer un dealer ou un toxicomane à 30 mètres de distance.

Au bout d'une heure, un gendarme est venu chercher Jean-Louis. La juge Torricelli suivait donc l'ordre hiérarchique. Comme Lediacre n'était pas réapparu, j'en ai déduit qu'elle lui avait demandé de patienter dans une autre pièce.

Une heure de plus s'est écoulée, et ç'a été mon tour. Le gendarme m'a escortée à l'intérieur du bureau, comme si j'avais été une vulgaire prévenue.

— Asseyez-vous, capitaine.

Aline Torricelli était une quinquagénaire plutôt petite, potelée, avec des cheveux teints en acajou et des lunettes aux montures de la même couleur. Son visage reflétait l'habitude du commandement, et une sorte de colère rentrée qui ne la quittait jamais. Cette bonne femme devait se coucher furieuse, et se réveiller le lendemain matin complètement exaspérée.

Sur ma gauche, une greffière du même âge que sa patronne, mais au physique anodin, a noté consciencieusement que Vermeulen, Hélène, trente-deux ans, capitaine de police, domiciliée rue Lecourbe, Paris XVe, allait être invitée à apporter son précieux témoignage.

Torricelli a attaqué tout de suite très fort, dans l'espoir, j'imagine, de me saisir à froid.

— Bien. Considérant que l'attitude de vos collègues Lediacre et Pommérieux constitue une entrave à la bonne marche de la justice, et présumant que vous comptez vous comporter de la même façon, j'ai décidé de vous placer en garde à vue.

Je n'ai pas bronché : c'était couru d'avance.

— Vous avez mené des investigations sur le compte de M. Pierre-Guillaume Heuzé ?

— Oui, madame.

— Dans quel cadre ?

— Dans le cadre d'une enquête préliminaire.

— Diligentée par qui ?

— Par mon patron, le divisionnaire Lediacre.

— Avez-vous procédé à des écoutes téléphoniques ?

— Non, madame. Pour ce faire, il aurait fallu une commission rogatoire.

Premier mensonge...

— Vous avez interrogé des témoins ?

— Oui, madame.

J'ai énuméré les contacts avouables que nous avions eus au cours des derniers mois : l'inspecteur des impôts Jean-Pascal Zerbib, les infirmières et les médecins qui avaient travaillé pour Heuzé, et ainsi de suite. Bien entendu, je n'ai pas dit un mot de Charvet, de notre balade à Genève, ni de Jacques Petit.

Pendant un bon moment, nous avons tourné en rond. Je m'en tenais scrupuleusement au scénario préparé par Lediacre et, chaque fois qu'elle haussait le ton, je me défaussais sur lui.

— Vous faites partie de ces policiers qui se croient au-dessus des lois, Vermeulen ?

— Non, madame. J'obéis aux consignes de mon patron, le divisionnaire Lediacre.

— Vous lui obéissez aveuglément ?

— À peu près, madame.

— Vous aimez le commissaire Lediacre, Vermeulen ?

— Ça dépend de ce que vous entendez par là.

Je me mettais à sa place : cela doit être délicat de tirer les vers du nez d'une flic, qui connaît à peu près toutes les astuces et les coups en traître propres à cet exercice. Pourtant, je ne m'attendais pas à ce qu'elle recoure aussi vite à des procédés franchement minables.

— Vous n'êtes pas mariée, Vermeulen ?

— Non, madame.

— Vous ne vivez pas maritalement ?

— Non.

— Vous avez une vie sexuelle ?

— Je ne crois pas que votre fonction vous autorise à me poser de telles questions, et sur un tel ton.

Elle a ricané. Un rire méchant. Et elle a aussitôt changé son angle d'attaque :

— Vous êtes propriétaire de votre appartement ?

— Oui, madame.

— Vous avez les moyens de vous acheter un appartement à Paris avec un traitement de petite fonctionnaire ? Au prix où est l'immobilier aujourd'hui ?

— L'appartement dont vous parlez consiste en deux chambres de bonne réunies, soit 19 mètres carrés, achetées 125 000 euros. Comme je n'avais qu'un petit apport initial, cela me fait des mensualités d'environ 1 000 euros. Mais je gagne 2 400 euros net par mois, plus une prime de 450 euros en juin et une autre du même montant en décembre. Je ne couche pas avec mon patron, et je ne suis pas non plus une ripoue.

Quand j'étais entrée à l'école de Cannes-Écluse, juste après ma licence en droit, jamais je n'aurais imaginé que je devrais ainsi me défendre dans le cabinet d'une juge d'instruction. Et pas davantage quand je travaillais à l'Office des stups. Mais deux ans avec Lediacre, cela vous déniaise une oie blanche. J'avais beau jouer les cruches, au fond de moi, je savourais chaque point marqué contre cette salope de Torricelli.

Ma réponse avait dû la déstabiliser, car elle a fait semblant de consulter son dossier pendant une minute.

— Vous vous entendez bien avec le commandant Pommérieux ?

— Oui, madame.

— Il boit toujours autant ?

— Je ne vois pas ce que vous voulez dire.

— Vous savez que Pommérieux est un alcoolique ?

— Je ne l'ai jamais vu ivre, madame.

— Vous savez que sa femme l'a quitté ?

— Je sais qu'il a été marié, c'est tout.

— Elle l'a quitté parce qu'il était devenu un véritable ivrogne. Son comportement alcoolique était tel qu'il a été chassé des Renseignements Généraux.

— Vous êtes plus au courant que moi, madame.

— Le commissaire Lediacre l'a alors recueilli dans son service, s'attachant ainsi sa reconnaissance éternelle.

Il fallait voir le sourire radieux avec lequel elle balançait ses méchancetés.

— Vous savez au moins que le commandant Pommérieux traite un certain nombre d'indicateurs.

— Je sais qu'il recueille des renseignements, c'est tout.

— Vous approuvez ces méthodes d'un autre temps ?

Vous trouvez cela convenable, des policiers qui pratiquent la corruption et le chantage, en dehors de tout contrôle des autorités judiciaires ?

Nous en étions revenues à notre point de départ. Je lui ai seriné pour la énième fois que je n'étais qu'un officier de police bête et discipliné, qui obéissait sans états d'âme à son chef de service.

Elle a piqué une fausse colère, tellement mal jouée qu'on se serait cru au théâtre. Elle m'a écrasée sous son insondable mépris. Elle a tenté le coup de la solidarité féminine face au machisme des poulets de la vieille école. Elle s'est inquiétée pour le déroulement ultérieur de ma carrière, très compromise par mon mutisme obstiné. Elle m'a menacée de toutes sortes de mesures de rétorsion.

Moi, je répondais comme une machine, je ne sais pas, madame, je ne vois pas ce que vous voulez dire, madame, adressez-vous au divisionnaire Lediacre, madame, je n'ai rien à me reprocher, madame.

Plus l'heure avançait, plus ma confiance s'affermissait. Car, depuis le début de la séance, la juge Torricelli n'avait pas essayé une seule ruse, posé une seule question, prononcé un seul mot que Lediacre n'ait prévu. Il m'avait si bien préparée à l'épreuve que je n'ai commis aucune erreur. J'attendais simplement l'instant où elle allait aborder le point capital – celui qu'elle cherchait à dissimuler derrière cet interrogatoire brutal et complètement erratique.

Ça n'a pas manqué. Elle était repartie sur l'alcoolisme de Pommérieux, histoire de noyer le poisson, lorsque soudain elle m'a fusillée du regard :

— Dites-moi, Vermeulen. Vous ne vous intéressez pas à PGH pour de simples affaires d'escroquerie et de détournement de fonds. C'est un pédophile, non ?

Lediacre m'avait confié le rôle principal dans cette tragi-comédie. Selon lui, cela paraîtrait plus plausible si c'était moi qui craquais : « *Vous comprenez, Hélène, Jean-Louis et moi sommes de vieux chevaux de retour. Elle se méfiera de tout ce que nous lui raconterons. Alors que vous, vous n'avez pas encore totalement perdu la pureté candide du lys blanc. Et puis cette magistrate a une psychologie très étrange : elle se figure que les femmes sont supérieures aux hommes, alors qu'il lui suffirait de se contempler dans un miroir pour comprendre qu'elle s'égare.* »

Évidemment, je n'ai pas cédé sur-le-champ. Pour donner un air authentique à ma défaite, je devais craquer par paliers.

— Je ne sais pas, madame. Le commissaire Lediacre soupçonne Pierre-Guillaume Heuzé d'avoir vendu des enfants à des couples candidats à l'adoption. Des gens qui ne répondent pas aux critères requis, et qui sont donc prêts à payer très cher.

À en juger par son expression, je ne lui apprenais rien.

— Des enfants de quel pays ?

— D'Asie du Sud-Est. Il s'est rendu à Phuket, par exemple, juste après le tsunami de décembre 2004, dans l'espoir de récupérer des orphelins.

Visiblement, ma réponse lui a plu.

— Dans quel hôtel est-il descendu ?

— Au Siamese Imperial Hotel.

Elle a poussé son avantage :

— Savez-vous qui se trouvait dans le même établissement et à la même date ?

— Oui, madame. J'ai surpris une conversation de mon patron avec le divisionnaire Thirion.

— Qui ?

— L'individu qu'on surnomme la Flûte Enchantée, madame.

— Et vous voudriez me faire croire que le commissaire Lediacre n'en a pas déduit que PGH était lié aux réseaux de pédo-pornographie ?

— Tout ce que je sais, c'est que mon patron a mis fin à son enquête préliminaire peu après la visite du divisionnaire Thirion.

Elle a émis le même genre de rire que la méchante reine dans *Blanche-Neige et les sept nains.* Elle avait découvert la vérité. Son admirable perspicacité avait balayé les zones d'ombre du mensonge et les brumes de ma duplicité. D'un revers de main dédaigneux, elle m'a signifié que l'entretien était terminé.

Le gendarme de service, un jeunot, m'a conduite dans un petit bureau où m'attendaient Lediacre et Pommérieux.

— La juge Torricelli vous demande de bien vouloir patienter, nous a annoncé le jeune cruchot. Elle aura encore des questions à vous poser cet après-midi.

J'ai haussé les sourcils :

— Vous voulez dire qu'on doit poireauter dans cette pièce.

— Oui, exactement.

— Et qu'on ne peut pas aller déjeuner.

— Non.

— J'ai tout de même le droit d'aller aux toilettes ? ai-je ironisé.

Mon ironie est tombée à plat.

— Je vais vous faire accompagner.

Le gendarme a appelé un de ses collègues, un vieux de la vieille, légèrement ventripotent. Celui-ci savait que nous étions des policiers, et il a pris les devants en voyant mon énervement.

— Il ne faut pas nous en vouloir, mon capitaine. On obéit, un point c'est tout. Ce n'est pas pour ça qu'on approuve.

Dès que je me suis retrouvée seule avec mes deux compagnons d'infortune, j'ai commencé à vider mon sac.

Sans tomber dans la paranoïa, il n'était pas impossible que les murs de ce petit bureau minable aient des oreilles. Aucun sujet sensible ne devait donc être abordé. Mais si quelqu'un écoutait aux portes, il se serait étonné de nous entendre conserver un mutisme absolu. Le silence est le propre des mafieux, et plus généralement des gens qui ont quelque chose à se reprocher. Les flics sont donc bavards par essence.

J'ai résumé l'interrogatoire auquel Torricelli m'avait soumise. En insistant au passage sur les questions relatives à Pommérieux.

— Elle m'a cuisinée sur toi, Jean-Louis. « Est-ce qu'il picole toujours autant ? Est-ce que ce poivrot rémunère ses cousins ? Où trouve-t-il l'argent ? » Elle a même essayé de me tirer les vers du nez à propos de ton ex-femme et des circonstances de ton divorce.

Jean-Louis a ricané, mais je le connaissais suffisamment pour sentir qu'il s'était fait remuer la paillasse.

— Elle ne m'a parlé que de ça pendant une heure. Elle a un don, cette salope, pour remuer le couteau dans la plaie. Moi, j'ai le cuir dur. Mais je comprends mieux maintenant comment elle te les faisait chialer, les grossiums du CAC 40. Toutes ces lopettes, elle te leur sortait les valseuses de leur calcif en soie, et elle les mettait à frire dans une poêle !

Lediacre l'a interrompu :

— Jean-Louis, je vous en prie, épargnez-nous ces allégories outrancières. Dites-nous plutôt quel était le degré de précision de ses informations.

— Des renseignements de toute première bourre, patron. Vous êtes bien placé pour savoir que j'ai pas mal déconné à l'époque où ils m'ont viré des RG. Elle savait tout, absolument tout. Du coup, je ne l'écoutais que d'une oreille, et je gambergeais, je gambergeais... Au stade actuel, je ne vois pas comment elle aurait pu consulter mon dossier à l'IGS.

Il a lancé un regard interrogatif à Lediacre, qui s'est contenté de lui adresser un sourire plein de sous-entendus.

— Patron ! Vous ne pensez pas à...

Le sourire de Lediacre s'est élargi, mais ses yeux ne trahissaient aucune gaieté.

— ... Thirion.

Le commissaire a hoché la tête. Il n'y avait rien à ajouter.

Un policier est un citoyen ordinaire. S'il découpe sa femme en rondelles ou s'il tourne ripou, les autres poulets n'ont aucune raison de le protéger contre la justice. Le corporatisme – ou la solidarité – ne va pas jusque-là. En revanche, balancer un collègue qui n'a rien à se reprocher, simplement par rivalité, par jalousie, par arrivisme, c'est bas, très bas.

— Thirion, a répété Pommérieux.

— Étonnant procédé, non ? Mais je vais vous dire, Jean-Louis : rien ne peut plus m'étonner, venant de Frédéric Thirion.

La juge Torricelli nous a repris un par un à partir de 15 heures. Mêmes questions, mêmes menaces, mêmes insultes, mêmes colères mal jouées. Cependant, on sentait qu'elle n'y croyait plus. Je ne voudrais surtout pas donner l'impression que je la prends pour une courge. C'est une bonne femme odieuse, mais une tête. Et elle n'oubliait pas un seul instant qu'elle avait affaire à des gens du métier.

En fait, elle nous travaillait au corps, elle sapait nos défenses, elle essayait de nous avoir à l'usure – dans le cadre d'une stratégie préétablie.

À 18 h 30, nouvelle pause. Nous nous sommes retrouvés tous les trois dans la petite pièce, sous la surveillance des deux mêmes gendarmes. L'un d'entre eux est allé nous chercher des sandwiches et de petites bouteilles d'eau minérale. C'est en mordant à pleines dents dans mon jambon-fromage que je me suis rendu compte d'un truc incroyable : Jean-Louis n'avait pas fumé une seule cigarette depuis le début de la matinée.

C'était tout à fait son style. Il ne se serait pas abaissé à demander l'autorisation aux cruchots d'aller en griller une. Je crois aussi qu'en s'imposant de lui-même une véritable torture (car je connais peu de types aussi intoxiqués que lui), il neutralisait le traitement humiliant que lui faisait subir Aline Torricelli. Les gens de cette trempe, ce n'est facile de les obliger à courber l'échine.

À 20 heures, on nous a ramenés ensemble dans le bureau de la juge. Elle a tenté une avant-dernière offensive, sans conviction.

— Commissaire, vous vous rendez compte que votre obstination risque de nuire à vos subordonnés ? Vous, je pense que vous vous en sortirez. Vous êtes un renard. C'est le commandant Pommérieux et la capitaine Vermeulen qui vont payer les pots cassés.

— Peut-être, madame, peut-être. Dans ce cas, je vivrai avec mes remords.

Quand elle nous a demandé si nous étions prêts à nous sacrifier pour Lediacre, Jean-Louis et moi ne lui avons pas fait la grâce d'une réponse. Nous avons haussé les épaules.

Alors elle a abattu son atout ultime :

— Commissaire Lediacre, vous avez derrière vous une carrière honorable, et même par certains aspects admirable, de chasseur de pédophiles.

— C'est exact, madame le juge. J'en avais arrêté un certain nombre bien avant que vous ne commenciez à vous intéresser à cette forme de criminalité. Néanmoins, le terme de pédophile n'est pas totalement adéquat. J'ai surtout enquêté sur des tueurs d'enfants. Ce que nos ancêtres appelaient des ogres.

— La pédo-pornographie n'est pas un délit suffisant pour qu'un policier de votre pointure se sente concerné ?

— Non, madame. C'est simplement qu'on n'a plus besoin de moi. Je me suis beaucoup occupé de ces questions à mes débuts, lorsque la pédophilie suscitait encore de l'indifférence, voire de l'indulgence. Aujourd'hui, rien n'indigne autant le public. Et elle est combattue par l'élite de la police nationale et de la magistrature. Quand des personnalités aussi éminentes que le divisionnaire Thirion et vous-même s'attaquent aux pédophiles, je préfère employer mes maigres forces à d'autres tâches.

Torricelli a soulevé une chemise des deux mains avant de la rabattre violemment sur son bureau.

— C'est la dernière fois que je vous pose la question à tous les trois. Dans le cadre de votre enquête préliminaire sur les agissements de Pierre-Guillaume Heuzé, vous n'avez trouvé aucun élément indiquant qu'il se livre à la pédophilie ou qu'il est en contact avec des réseaux pédophiles ?

Elle nous a regardés à tour de rôle.

— Non.

— Non.

— Non.

— À aucun moment vos supérieurs hiérarchiques ne

vous ont ordonné de mettre fin à cette enquête de peur qu'elle ne débouche sur des vérités très dérangeantes pour le pouvoir ?

— Non.

— Non.

— Non.

Torricelli a croisé les bras et nous a toisés avec une expression de défi.

— Parfait. Puisque vous semblez vous plaire en garde à vue… La nuit porte conseil, n'est-ce pas ? À demain.

Nous n'avons pas émis le début d'une protestation. J'ai lu dans ses yeux une lueur de surprise, presque d'inquiétude. Elle ne s'attendait pas à une telle absence de réaction. Elle a failli nous demander la raison de notre flegme, mais au dernier moment elle s'est ravisée.

C'était un cerveau brillant, comme je l'ai déjà dit, une manœuvrière sans scrupule. Mais quand un joueur vraiment intelligent tombe sur un adversaire plus fort que lui, il s'en rend compte très vite. En sortant du cabinet d'instruction, je savais déjà qu'elle venait d'inscrire elle-même son nom sur la longue liste des malheureux qui ont un jour commis l'erreur de sous-estimer Lediacre.

Les deux gendarmes, le jeune comme le vieux, tiraient une drôle de tête en nous faisant descendre au dépôt, sous le Palais de Justice. J'ai cru un instant que Pommérieux allait leur demander de s'arrêter une minute, le temps de fumer une cigarette. Je me trompais : il voulait visiblement aller jusqu'au bout.

L'odeur, qui m'était pourtant familière, m'a prise à la gorge. Des cris, des injures ont retenti. Juste avant que nous ne soyons séparés, j'ai surpris un regard complice entre Lediacre et le vieux cruchot. Un regard qui allait beaucoup plus loin que la simple camaraderie. Le patron et Pommérieux sont entrés dans le quartier des hommes, et j'ai continué vers celui des femmes.

Quand je me suis allongée sur la banquette, j'avais l'esprit en paix. Tout s'était déroulé selon le plan de Lediacre, à la virgule près, et tout se déroulerait désormais comme il l'avait prévu. Sans forfanterie, au cours de cette nuit – la première nuit de ma vie que je passais en prison, ce qui n'est tout de même pas commun pour un officier de police – je n'ai pas éprouvé la moindre appréhension.

Pendant que je somnolais, les téléphones devaient sonner comme des dingues dans la nuit parisienne. C'était un jeu d'enfants de reconstituer les appels successifs et d'imaginer les conversations.

Le vieux gendarme, dûment chapitré par Lediacre, profite de la première occasion pour appeler le général Giovanelli, vieil ami du commissaire. Il bredouille des excuses, explique que c'est Lediacre qui lui a donné son numéro de portable et qui lui a ordonné de le prévenir malgré l'heure tardive. Giovanelli, que je connais un peu, et qui est un personnage formidable, contacte aussitôt le directeur central de la PJ. Il lui annonce qu'Aline Torricelli a placé en garde à vue un de ses commissaires divisionnaires et deux OPJ. Motif : entrave à la bonne marche de la justice, et plus précisément refus de communiquer des informations que leurs supérieurs leur ont formellement interdit de révéler à qui que ce soit.

Le plan est imparable. Pour commencer, il fournit à Giovanelli l'occasion de faire une fleur à la police et de resserrer les liens souvent distendus entre flics et pandores. Car les frères ennemis ont un adversaire commun : la magistrature, surtout quand elle prend les traits d'une demi-maboule.

Dans l'esprit du grand public, la police et la gendarmerie

s'échinent à expédier les voyous au trou, tandis que les juges, par une étrange perversité, les remettent systématiquement en liberté et enferment des innocents à leur place. Même si le trait est un peu grossier, le grand public n'a pas entièrement tort. Bref, entre le général Giovanelli et notre directeur, qui professent l'un comme l'autre une conception primaire, presque nord-américaine, du Bien et du Mal, c'est un échange d'amabilités.

Ensuite, on passe à l'échelon supérieur. Bien que l'heure tardive soit devenue carrément indécente, le téléphone sonne chez le préfet de police, chez le directeur de cabinet du ministre. L'esprit de corps joue à plein : une excitée notoire a bouclé trois fonctionnaires qui ont dédié leur vie à la sécurité de leurs concitoyens. De plus, ils se sentent un peu coupables, car ce sont eux qui ont interdit à Lediacre de poursuivre son enquête préliminaire sur Pierre-Guillaume Heuzé.

En pleine nuit, on monte encore d'un cran. Le ministre de l'Intérieur et le garde des Sceaux discutent. Ils savent que les syndicats sont déjà sur les dents, que Torricelli est allée trop loin, et qu'entre un flic et un juge, le président de la République donnera toujours raison au premier.

Notre garde à vue a été interrompue à 6 heures du matin. Une demi-heure plus tard, le temps d'avaler un café, on nous amenait place Beauvau pour nous faire raconter une fois de plus notre petite histoire. Séparément d'abord, puis tous les trois ensemble.

Nous avons répété sur tous les tons ce que nous avions déjà dit dans le cabinet du juge d'instruction : Heuzé était un escroc de haut vol et un trafiquant d'enfants qui fournissait des couples candidats à l'adoption, mais nous n'avions établi aucun lien, de quelque nature que ce soit, avec les réseaux de pornographie infantile.

D'où provenait cette accusation ? Où la mère Torricelli était-elle allée pêcher cela ? Nous n'en avions pas la moindre idée. Mais comme le directeur de la PJ se montrait insistant, Lediacre a bien voulu lui soumettre une hypothèse :

— Je me demande si la solution ne réside pas dans la rencontre de cette magistrate un peu exaltée et du divisionnaire Thirion. Au risque de paraître médisant, ces deux personnes, fort estimables par ailleurs, partagent le goût des projecteurs. D'où un penchant à s'attaquer aux gens célèbres, riches, puissants. Mais je te le répète : le seul élément concret, qui m'a d'ailleurs été fourni par Thirion lors d'une *visite de courtoisie*, c'est que le parcours d'Heuzé a croisé celui de la Flûte Enchantée dans un hôtel de Phuket au lendemain du tsunami.

— Bon, a conclu le directeur de la PJ. Tu n'as rien à ajouter ?

Lediacre a toussoté :

— Si, une toute petite chose. La juge s'est montrée égale à elle-même, c'est-à-dire fort odieuse. Et très bien documentée, en particulier sur le compte du commandant Pommérieux. Trop bien documentée, si tu vois ce que je veux dire.

Le directeur n'a pas eu besoin qu'on lui fasse un dessin.

— D'après toi, c'est Thirion qui lui a fourni des munitions ?

— Cela t'étonne ?

Le directeur a eu un instant d'hésitation, car tous les regards étaient braqués sur lui. De manière discrète, mais tout à fait perceptible, il a remué la tête de droite à gauche, puis de gauche à droite.

Nous nous sommes retrouvés sur le trottoir du faubourg Saint-Honoré à 11 heures et demie du matin. Jean-Louis Pommérieux, la clope au bec, était hilare. Moi aussi, je souriais bêtement, avec une telle énergie que j'en avais mal aux lèvres. Lediacre, l'air triste à mourir, comme chaque fois qu'il triomphait, nous a invités à déjeuner dans un super-restaurant.

C'était une victoire totale. Au Palais de Justice comme au ministère, personne n'avait prononcé les noms dangereux : Étienne Plomeur, Jacques Petit et son fils Patrick Phuong, Alain Charvet, Menton, Genève. Torricelli et Thirion ne se doutaient nullement qu'ils étaient tombés dans un piège. Quant aux gros bonnets de la place Beauvau, qui connaissaient Lediacre comme leur poche, ils devaient bien sûr le soupçonner de ne pas leur avoir tout dit, mais pour le moment ils n'avaient rien à lui reprocher.

Ah oui ! J'allais oublier. En rentrant chez moi pour prendre une douche et fourrer tous mes vêtements dans la machine à laver, une idée m'a traversé l'esprit. Une idée qui s'est vite transformée en certitude. Avec Lediacre, rien n'est jamais simple. Son cerveau labyrinthique, j'en aurais mis ma main à couper, avait aussi conçu cette garde à vue comme un moyen de nous stimuler, Jean-Louis et moi. Il espérait ainsi faire naître chez nous une haine absolue à l'égard de Torricelli et de Thirion, un désir de vengeance inexpiable.

De ce point de vue-là, il avait réussi son coup. Cette petite expérience nous avait galvanisés.

16

Lediacre ne s'intéressait plus du tout à Pierre-Guillaume Heuzé.

Deux jours après notre nuit au dépôt, dans les sous-sols du Palais de Justice, PGH est passé brièvement au journal de 20 heures, dans un reportage sur un orphelinat au Vietnam. Vêtu d'une chemise rouge, la mèche au vent sur les quais de la Seine, il a récité quelques banalités pendant trente secondes. Le lendemain matin, quand je lui ai signalé cette apparition télévisée, Lediacre a soupiré :

— Bah ! Ce n'est plus de notre ressort... Nous avons achevé notre part du travail. Maintenant, il suffit d'attendre que le fruit soit mûr.

Sous-entendu : le piège est tendu, Torricelli et Thirion n'ont plus qu'à avoir la gentillesse de sauter dedans à pieds joints.

— Qu'est-ce qu'on fait alors, patron ?

— Allons, allons ! Vous en avez bien une petite idée, non ?

— Je crois que oui, ai-je répondu en riant. J'ai comme l'impression qu'on va apprendre à jouer de la flûte.

À 3 heures de l'après-midi, nous avons reçu un visiteur de taille : le général Giovanelli, colosse de plus de 1,95 mètre aux cheveux blancs. C'était un vieil ami de Lediacre : autrefois, quand il n'était encore que lieutenant-colonel, il avait collaboré avec lui pour démanteler la mafia sicilienne dans le département de l'Isère. J'avais fait sa connaissance quelques mois auparavant, alors que nous pourchassions le fameux « Tueur de la Beauce », et nous avions sympathisé (si tant est qu'une petite OPJ puisse sympathiser avec un général trois-étoiles). Enfin, disons qu'il m'aimait bien.

Et c'était lui, bien sûr, qui avait sonné le tocsin quand nous avions atterri au dépôt.

Pour donner la mesure du personnage, je dirai simplement qu'il a insisté auprès de Lediacre pour que Jean-Louis et moi assistions à leur entretien. Les gendarmes sont encore plus à cheval que les poulets sur la hiérarchie. Mais, comme Lediacre, il avait un sens de la hiérarchie très personnel, fondé sur la confiance plutôt que sur les galons. Il nous avait vus à l'œuvre dans l'Eure-et-Loir, Jean-Louis et moi, et depuis ce jour-là il nous traitait comme des égaux. Je ne vous cacherai pas que ce genre d'attention me remplissait de fierté. J'ai beau avoir conscience de ma puérilité, les bons points, les bonnes notes, les félicitations du jury me procurent un plaisir immense. Et le pire, c'est que je n'en ai pas vraiment honte.

Après une brève évocation de notre récente mésaventure, Lediacre lui a expliqué qu'il lui était désormais impossible de s'adresser à Interpol, car le divisionnaire Thirion et la juge veillaient au grain.

— Tu dois donc placer ton sort entre les mains de la maréchaussée ? a plaisanté Giovanelli. Que veux-tu savoir ?

— Tout. Son nom. Son parcours. Son signalement.

— Tu te rends compte que j'ai mis plus de dix

gendarmes sur le coup. Et que Thirion a plusieurs OPJ qui y travaillent à temps complet.

— Je m'en rends compte.

— Cette quinzaine de lascars, donc, dispose d'un matériel informatique dernier cri, de contacts avec tous les services de la planète, et de l'appui non négligeable d'une juge d'instruction pour leur signer les papiers nécessaires. Et toi, tout seul dans ton coin, tu te sens capable de leur damer le pion ?

Lediacre a pris son air penaud :

— Avec ton aide, oui.

Giovanelli a passé sa main entrouverte dans sa tignasse blanche et s'est tourné vers Jean-Louis et moi :

— Un sacré patron que vous avez là ! Non content de vous faire coucher au trou, il va vous lancer à la poursuite d'un fantôme.

Nous avons répondu par un simple sourire. Nous étions conviés à la réunion, d'accord, mais les subordonnés ne prennent la parole que lorsqu'on leur pose une question précise.

Giovanelli a écarté son képi, qu'il avait posé sur un énorme dossier cartonné, et ouvert une première chemise.

— Lepuiset, Raphaël, né le 27 octobre 1977 à Versailles. Élevé par sa mère à Chaville, puis à Montigny-le-Bretonneux. Bac en 1995. Étudiant, ou plutôt glandeur à Nanterre. Aucun diplôme universitaire, mais il acquiert de solides connaissances en informatique. En 1999, il fait un premier séjour de six mois en Asie. En 2001, nouveau départ, et cette fois-ci nous perdons sa trace.

— Quand devient-il la Flûte Enchantée ?

— En 2002. Et surtout à partir de 2003. Il filme ses exploits, il les balance sur Internet, et il devient une star internationale. Les pédophiles aussi ont leurs idoles. Il a des fan-clubs au Canada, aux États-Unis, dans l'Europe du Nord. Je vous ai apporté ses meilleurs DVD, vous n'aurez qu'à les visionner... Bon! En 2004, vous êtes déjà au courant, il rapplique à Phuket après le tsunami. Mais évidemment, nous ne l'avons su que bien après. Mes hommes pensent qu'il avait des liens avec des mafieux thaïlandais, qu'il leur rabattait des clients. 2005 marque l'apothéose de sa carrière. Et puis l'atmosphère devient malsaine pour les pointeurs. Ça se passe toujours de la même façon dans ces pays-là : un général qui tombe en disgrâce, des proxénètes qui perdent leur protection, un brusque accès de civisme, des arrestations pour faire plaisir aux puritains occidentaux. Et puis tout recommence comme avant. Vous trouverez les détails dans ce dossier.

— Il est où, à ton avis? a demandé Lediacre.

— Si je devais parier un mois de solde, je dirais en France. Deux témoins affirment l'avoir vu en région parisienne. Un copain de lycée qui l'aurait reconnu dans le RER B, et une amie de sa mère, qui est à peu près sûre de l'avoir croisé dans le parc du château de Versailles. D'une manière ou d'une autre, il a dû rentrer dans le courant de l'année 2006.

— Des photos?

— C'est là le hic. Nous n'avons rien depuis la photo de son passeport délivré en 1999. De plus, la photo avait déjà deux ou trois ans. Il a lui-même détruit l'album que gardait sa mère, et il semblerait qu'il ait fui les objectifs depuis l'adolescence.

— Il se préparait déjà à sa brillante carrière.

— Oui, aussi incroyable que ça puisse paraître. On n'a pas non plus ses empreintes. Et ne parlons pas de son ADN. Je n'exagère pas quand je te dis que c'est un fantôme.

— Pas d'antécédents judiciaires?

— C'est ça le plus inouï ! Tu en connais beaucoup, toi, des violeurs d'enfants qui n'ont pas commencé par des mains dans la culotte ou des ouvertures d'imperméable à la sortie de l'école ? Cette petite merde n'a pas fait parler d'elle une seule fois avant de se mettre à tourner des pornos à l'autre bout du monde. On n'a rien de rien. À part un truc : il a été moniteur de centre aéré et de colonie de vacances pendant ses années de fac. Les gars de Thirion et les miens ont entendu longuement les responsables, les autres moniteurs, les enfants. Aucune plainte, aucun geste déplacé, aucun regard trop appuyé.

— C'est logique, a dit Lediacre, cela va de pair avec l'absence de photos. La Flûte Enchantée n'est pas le premier venu. Vers dix-sept ou dix-huit ans, il a pris conscience de sa vocation. C'est très impressionnant, les ambitions adolescentes… Il a longuement préparé ses forfaits, avec une infinie patience, en n'oubliant jamais que ce qui deviendrait un jour possible en Asie était terriblement dangereux en France.

— Je suis tout à fait d'accord avec toi. Et c'est pour ça que j'ai le sentiment de perdre mon temps. Nous le serrerons un jour, mais involontairement. Un contrôle d'identité, quelqu'un qui le reconnaît dans la rue, un accident de voiture… Le hasard, quoi.

Le général Giovanelli s'est de nouveau passé la main dans les cheveux.

— Ils sont déjà une quinzaine à pédaler dans la choucroute. Avec vous trois, ça fera dix-huit. Alors que la chance finira bien par nous le servir sur un plateau.

— Le hasard ? a répété Lediacre. La chance ? Oui, oui, sans doute. Pourtant, je ne crois pas trop à la roulette. J'ai toujours préféré tricher.

Nous avons passé les derniers jours de juin à éplucher le dossier que nous avait fourni le général Giovanelli. C'était à la fois remarquable et désespérant. Nos collègues de la police et de la gendarmerie avaient travaillé comme des brutes et sillonné la France entière pour interroger des quantités de témoins. Mais le butin était d'une maigreur incroyable. D'abord, on n'avait pratiquement aucune donnée postérieure à l'an 2000. Et aucune photo exploitable : celle de son passeport avait dû être prise à l'âge de vingt ans, et la moitié du visage était masquée par une grande mèche sur le front et des pattes devant les oreilles. Pour le reste, nez moyen, bouche moyenne, traits réguliers, aucun signe particulier.

Jusqu'à son premier départ en Asie, il avait mené une vie normale, et donc laissé les traces habituelles : famille, études, amis, vacances. Aucune des personnes auditionnées par les gendarmes ou par les hommes de Thirion ne mentionnait une quelconque attirance pour les enfants. Tout au plus un ancien étudiant de Nanterre et un ex-moniteur de colonie lui prêtaient-ils un comportement un peu maniéré pouvant éventuellement évoquer des tendances homosexuelles. Mais rien de concret : on ne lui connaissait pas plus de petit copain que de petite copine.

Quant à sa mère, elle se murait dans un épais silence dès qu'on sortait des questions anodines pour entrer dans le vif du sujet.

Restaient les DVD. Je les ai visionnés plusieurs fois avec ou sans mes deux compagnons. Le scénario était sans surprise : des petits Asiatiques des deux sexes, entre cinq et dix ans, violés de toutes les manières possibles et imaginables. Cela donnait envie de vomir, de pleurer, de lui coller deux balles dans la tête. Le pire, dans ce genre de production, ce ne sont pas les scènes de tortures ou les pénétrations, non, ce sont les regards que les gamins lancent en direction de la caméra. Le soir, je vous promets que vous avez du mal à chasser ces images de votre esprit pour réussir à vous endormir.

Ce qui avait séduit les internautes du monde entier, c'étaient les truquages rajoutés par Raphaël Lepuiset : entre deux scènes d'un réalisme sordide, son sexe grossissait dix ou vingt fois et prenait toutes les couleurs de l'arc-en-ciel. Il se transformait en hallebarde, en tronçonneuse, en missile, en marteau-piqueur. C'était incontestable, Lepuiset se débrouillait drôlement bien avec les outils informatiques. Tex Avery chez les pointeurs...

Jean-Louis Pommérieux, malgré son côté grande gueule et titi parisien, supportait l'épreuve encore plus mal que moi. Quand il arrivait rue du Docteur-Verdier en début d'après-midi, il était nettement plus chargé que d'ordinaire : il avait déjà bu plusieurs bières et, comme c'était l'été, un certain nombre de pastis (il faut être honnête, les allégations d'ivrognerie colportées par la juge Torricelli n'étaient pas dénuées de fondement). Ensuite, il fumait cigarette sur cigarette, et je voyais ses poings se crisper, à s'en briser les phalanges. Au bout d'une heure, il fallait qu'il aille s'en jeter un au bistrot du coin avant de revenir visionner la suite.

Seul Lediacre demeurait tel qu'en lui-même : impassible, lointain, l'air de s'ennuyer. On aurait cru qu'il regardait un film bien soporifique, style drame social français ou incommunicabilité suédoise.

Pas une seule fois le visage de Raphaël Lepuiset n'apparaissait sur l'écran. Après l'avoir observé pendant des heures et des heures, nous savions simplement qu'il mesurait à peu près la même taille que Lediacre et moi, soit 1,78 mètre, qu'il était mince, assez musclé, qu'il avait le poil brun, la poitrine velue, et que ses masques de cuir ou ses cagoules révélaient des yeux clairs. Ni tatouage ni piercing. Le seul élément notable, c'était la présence de deux grains de beauté dans le dos : l'un sous l'omoplate droite, l'autre juste à gauche des vertèbres lombaires.

On est bien parti, avec ce type de signalement !

Pourtant, à force de le voir s'agiter sur l'écran, j'avais relevé quelques détails intéressants. Je suis très sensible aux postures, à la gestuelle des individus, et je pense que l'étude des attitudes peut aider à affiner un signalement. Quand il brutalisait ses petites victimes, Raphaël Lepuiset ne cessait de se déplacer dans la pièce ; il bondissait sur le lit ou sur le canapé, un peu à la façon d'un robot. Ses mouvements étaient saccadés, mécaniques ; il bombait le torse et faisait saillir ses biceps ; il adoptait des postures artificielles, avec les épaules trop raides, les reins trop cambrés, la tête trop droite. Et il avait beau être à poil, il se figeait souvent dans une sorte de garde-à-vous, avant de se déhancher deux ou trois fois, et de reprendre ses sévices. Cette allure vaguement comique, digne d'un personnage de dessin animé, devait faire la joie de tous les détraqués qui de par le monde en avaient fait leur idole.

Jean-Louis Pommérieux a attendu trois semaines avant de reprendre contact avec Étienne Plomeur. Le temps de laisser la tempête retomber – et surtout de s'assurer que les hommes du divisionnaire Thirion avaient arrêté leur surveillance. Enfin, avec d'infinies précautions, nous lui avons fixé un rendez-vous à la sortie de son travail.

Les consignes étaient précises : il devait rejoindre la station porte de Bagnolet, comme tous les soirs en quittant son bureau, descendre dans le métro, puis, au lieu de franchir le portillon, remonter par la bouche opposée. Jean-Louis pourrait ainsi vérifier qu'il n'avait pas un de nos collègues dans son sillage.

Je me suis garée à l'angle de la rue Belgrand, et tout s'est passé en douceur. Jean-Louis a poussé notre ami le cinéphile à l'arrière de la C2 et s'est assis à côté de moi.

— Ça baigne. Tu peux y aller.

Après un dernier coup d'œil dans mon rétroviseur, je me suis engagée sur les Maréchaux. Nous n'avions pas parcouru 100 mètres que Plomeur a commencé ses jérémiades. À cause de nous, il avait été interrogé trois fois par des espèces de gestapistes, puis une harpie l'avait confronté aux déclarations de PGH dans son bureau du Palais de Justice. Si cela continuait, il allait perdre son boulot, sa famille, ses enfants, le soutien de ses camarades de travail et la considération de ses voisins...

Jean-Louis l'a stoppé net dans son élan :

— Ta gueule, Étienne ! Tu as déjà du pot de ne pas être en cabane. Tu vois, en ce moment, je passe mes journées à visionner le style de cassettes devant lesquelles tu te fais dégorger le poireau. Alors, garde tes commentaires et raconte.

Plomeur s'est écrasé. Ce genre de lope s'écrase toujours. Pour un policier, les malades sexuels sont écœurants, mais ils présentent l'avantage d'être beaucoup plus faciles à manier que des dealers ou des braqueurs.

Il a donc fait son rapport. Bien que les gars de Thirion l'aient un peu secoué, il s'en était tenu scrupuleusement à la version préétablie. Non, il ne s'intéressait plus aux enfants. La leçon avait porté ses fruits, il se consacrait entièrement à sa famille et à son travail. Non, il n'appartenait plus à aucun réseau. Quant à Pierre-Guillaume Heuzé, il l'avait rencontré autrefois en Thaïlande, ils s'étaient liés d'amitié et avaient maintenu des relations épisodiques.

Plomeur s'en était particulièrement bien sorti dans le cabinet de la juge Aline Torricelli. Après l'avoir écouté réciter son petit discours bien rodé, celle-ci lui avait opposé la déposition de PGH : un individu qu'il ne connaissait ni d'Ève ni d'Adam était venu lui expliquer que sa mère mourante désirait léguer 200 000 euros à MÔMES. Plomeur avait alors baissé la tête et murmuré que sa mère était morte depuis un bail, que ses économies s'élevaient à 40 000 euros et étaient placées en assurance-vie, et qu'il n'avait jamais eu l'intention de donner un seul centime à une ONG. Mais puisque son ami Pierre-Guillaume le reniait lui aussi, après tant d'autres, il n'avait pas l'intention de lui causer des ennuis. « C'est lui qui a raison, madame. J'ai dû me tromper. Ma mémoire me joue souvent des tours. »

La pauvre Torricelli en avait été pour ses frais. Que pouvait-on reprocher à Plomeur ? D'être allé discuter pendant un quart d'heure avec Heuzé ? De prétendre connaître quelqu'un qui affirmait le contraire ? Même à moitié dingo, une magistrate ne peut se fonder sur de l'impalpable, du futile, de l'inconsistant. Elle avait été obligée de le laisser partir.

Nous l'avons balancé près de chez lui. En le regardant disparaître dans la foule de la fin d'après-midi, Jean-Louis a soupiré :

— Je le sens mal, le père Étienne. Ça l'a drôlement secoué, cette histoire. Je vais dire au patron qu'il est temps de lui foutre la paix. Ça serait quand même dommage qu'il fasse dans son froc et qu'il aille parler de nous à Thirion ou à la mère Tortellini.

Lediacre s'est aussitôt rendu à ses arguments. De son côté, il avait obtenu des nouvelles de Jacques Petit par un commissaire niçois auquel il avait rendu service, et qui lui devait un petit renvoi d'ascenseur (vous connaissez la chanson).

Les nouvelles n'étaient pas bonnes. Une fois sa mission accomplie, le vieux monsieur s'était complètement écroulé, et on l'avait hospitalisé. Les heures d'interrogatoire l'avaient sans doute épuisé. Mais je crois surtout qu'il avait mal supporté le fait de s'accuser d'un penchant aussi répugnant. C'était un dur, d'accord, il avait passé une bonne partie de sa vie à consommer des jeunes filles en Asie du Sud-Est, et il était prêt à tout pour venger son fils. Mais de là à se vautrer dans la pédo-pornographie…

Pour retrouver l'estime de soi et mourir en paix, il fallait qu'il se souille dans le regard des autres. Dilemme cornélien, aurait dit Lediacre.

Le courage du vieux bonhomme m'avait impressionné. Je me remémorais mes deux brefs séjours sur la Côte d'Azur, les leçons d'informatique que je lui avais données dans ma chambre d'hôtel, la détermination avec laquelle il se préparait à l'épreuve. Cela me faisait de la peine qu'il soit à présent allongé sur un lit d'hôpital, relié à des tuyaux de toutes les couleurs.

Lediacre ne partageait pas mon chagrin. Ce n'est pas la compassion qui rique de l'étouffer.

— J'espère que cela ne traînera pas trop. Avec tous les médicaments qu'on lui administre, il pourrait se mettre à délirer. Sa mort sera une délivrance. Pour lui… comme pour nous.

L'étanchéité n'existe pas dans la police. Je dirais même qu'il n'y a rien de plus poreux. Quand j'ai revu mon amie Virginie le soir du 14 juillet, elle m'a donné une idée de l'ambiance qui régnait dans le service de Thirion.

Je n'essayais nullement de lui tirer les vers du nez. Au contraire, j'avais des scrupules à obtenir des informations par son entremise, et je n'aurais voulu lui causer de tort pour rien au monde. Mais, d'abord, aucun chef de service ne se serait privé d'une OPJ aussi efficace pour une simple indiscrétion : elle consacrait sa vie aux prostituées, avec un mélange de dévouement et de fermeté qui lui assurait des résultats spectaculaires. Et puis Virginie avait été écœurée par le comportement de Thirion : elle ne lui pardonnait pas d'avoir contribué à m'offrir une nuit au dépôt. Envoyer sa copine au trou, c'était pour elle un *casus belli*.

Virginie ne s'occupait ni de PGH ni de la Flûte Enchantée. Mais on a toujours vent de ce qui se passe dans les bureaux voisins. D'autant plus que son patron commençait à s'affoler.

Malgré son conflit avec Lediacre, Frédéric Thirion était un bon flic, et même un grand flic. Un professionnel capable d'estimer un dossier à sa juste valeur, et de ne pas confondre les fameux faisceaux de présomptions avec les bonnes vieilles preuves qui débouchent sur vingt ans de réclusion. Or, qu'avait-il dans les mains ? Quatre individus réunis par des liens fort ténus :

1°) Pierre-Guillaume Heuzé : une vedette du monde caritatif que personne n'avait jamais soupçonné d'être un pointeur.

2°) Étienne Plomeur : un pédophile « passif » et sans doute repenti qui venait discuter pendant un quart d'heure avec PGH au siège de son association.

3°) Jacques Petit : un quasi-octogénaire, cancéreux en phase terminale, qui prétendait avoir obtenu du matériel pornographique par le biais de PGH.

4°) Raphaël Lepuiset, alias la Flûte Enchantée : un criminel sexuel mondialement connu qui était descendu dans le même hôtel que PGH peu après le tsunami du 26 décembre 2004.

Thirion et ses adjoints freinaient donc des quatre fers. Pour eux, il était exclu de passer à l'offensive avant d'avoir réuni des preuves plus solides. Mais Aline Torricelli avait déjà décollé de la planète Terre et s'était mise en orbite dans la stratosphère. Dans son cabinet, c'était un défilé de malades mentaux, d'aigris et de jaloux qui venaient déverser un torrent d'accusations sur Heuzé. Pour employer le langage des juges d'instruction, le faisceau de présomptions s'était transformé en intime conviction.

— Thirion en est vert, m'a dit Virginie. Il commence à regretter salement de s'être acoquiné avec cette cinglée.

J'ai préféré parler d'autre chose. Je ne pouvais pas lui avouer que non seulement son patron ne disposait que d'éléments fragiles, mais qu'en plus c'était nous qui les avions fabriqués de toutes pièces. Je me sentais souvent mal à l'aise avec elle : elle passait son temps à me révéler tous ses grands et petits secrets, alors que moi, sale hypocrite, j'appliquais à la lettre les consignes de silence de Lediacre.

Il faut dire à ma décharge que les activités de Thirion s'inscrivaient dans un respect scrupuleux du code de procédure pénale, alors que Lediacre oscillait entre le carrément douteux et le totalement illégal.

17

Le scandale a éclaté dans la dernière semaine de juillet. Un vrai feu d'artifice ! Juste après l'arrivée du Tour de France, quand la presse cherche désespérément à se mettre quelque chose sous la dent. Là, c'était vraiment l'aubaine : après les dopés du vélo, les pourris de l'humanitaire.

Cette fois-ci, Aline Torricelli avait innové. Au lieu de balancer directement le dossier à ses copains journalistes, elle a commencé par organiser des fuites sur Internet. À moins que ce ne soient les journalistes qui s'en soient chargés eux-mêmes de manière à justifier leurs prétendues enquêtes. Plusieurs blogs ont donc laissé filtrer des rumeurs selon lesquelles le célèbre responsable d'une ONG spécialisée dans l'aide aux enfants du tiers-monde ne serait pas mû par son seul altruisme. Puis il a été question du Vietnam, de la Thaïlande, de Manille, de chemises rouges… Pendant deux jours, les curieux ont surfé de site foireux en blog débile, confirmant ainsi la haute opinion que Jean-Louis Pommérieux se faisait d'Internet :

— Le Net est aux médias ce que la moto-crottes est aux moyens de transport.

Un quotidien, puis une radio, puis l'ensemble de la

presse ont pris le relais. Nous qui connaissions l'histoire par cœur, nous étions capables non seulement de démêler le vrai du faux (et du discutable, car les journalistes ont une façon bien à eux de présenter les choses), mais nous pouvions aussi indiquer la source d'où provenait chaque affirmation.

La juge Torricelli, qui n'était plus si dingue que ça quand il s'agissait d'enfoncer un suspect, a alors fait savoir qu'elle souhaitait entendre M. Pierre-Guillaume Heuzé à titre de témoin dans l'affaire de la Flûte Enchantée, les deux hommes étant descendus dans le même hôtel à la fin du mois de décembre 2004.

PGH et la Flûte Enchantée réunis dans la même phrase par un magistrat instructeur : la messe était dite. Une heure après, les radios, les télés et les motos-crottes informatiques entonnaient le couplet bien rodé du « réseau pédophile international regroupant des notables et des membres de la jet-set ».

À ce stade du processus, Heuzé aurait encore pu tout arrêter. Il aurait fallu qu'il tienne tête à la meute, qu'il s'entoure de bons avocats, qu'il porte plainte systématiquement pour diffamation, qu'il se fasse inviter au journal de 20 heures pour clamer son innocence. Il avait encore une chance raisonnable de s'en sortir à peu près indemne, et il l'a laissée filer.

Pourquoi ? Bien entendu, j'en ai pas mal discuté avec mes deux complices. Pour Lediacre, l'explication était double. Primo, il avait quitté la France à la mi-juillet et se trouvait aux États-Unis quand le scandale avait éclaté ; il aurait donc fallu qu'il rentre à Paris, et que d'une certaine façon il se jette dans la gueule du loup. Secundo, PGH était un citoyen du monde, parfaitement anglophone, à l'aise sur tous les continents. Un autre à sa place serait revenu en France parce que c'était son pays, parce qu'on ne choisit pas l'exil de gaieté de cœur. Heuzé, lui, se passait fort bien du camembert et des croissants. Même l'argent n'était pas un problème, car ses avoirs suisses ne représentaient à l'évidence qu'une fraction de sa fortune : il devait avoir des comptes aux îles Caïman, à Singapour, à Tokyo.

À mes yeux, un autre élément entrait aussi en ligne de compte : il avait été mal conseillé. C'était Me Bollaert qui défendait ses intérêts : l'avocat des causes médiatiques, qu'on voit trois fois par semaine à la télé, qui hurle comme un putois, qui soutient des thèses outrancières, qui nie l'évidence – et qui, soit dit en passant, perd plus de procès qu'il n'en gagne. Je n'ai jamais compris comment il arrive encore à trouver des clients. En ce qui me concerne, si un jour j'ai des ennuis avec la justice, je choisirai un avocat inconnu – un vrai qui consacre à ses dossiers le temps qu'il ne passe pas à la télé.

Bien que d'accord avec nous, Jean-Louis mettait plutôt l'accent sur le fait que PGH avait beaucoup de choses à se reprocher.

— Meurtre commandité, carambouille, trafic de gniards. Même s'il réussit à prouver qu'il n'est pas un pointeur, il a peur que tout ça lui retombe sur le coin de la tronche.

Et Lediacre de commenter avec fatalisme :

— Ce en quoi nous ne pouvons guère lui donner tort…

Durant les derniers jours de juillet, sur la plage, à la campagne ou à la montagne, les Français n'ont plus parlé que de l'ignominie de PGH. L'homme dont rêvaient les téléspectatrices, le Bien incarné, le héros solitaire, l'aventurier solidaire n'était plus qu'un pédophile, un marchand d'enfants et un trafiquant d'organes. *Sic transit gloria mundi*, comme aurait dit Lediacre.

Toutes les conditions étant désormais réunies, celui-ci

n'a plus eu qu'à dérouler son plan implacable et méticuleux. Après quelques coups de téléphone en Suisse, il nous a convoqués dans son bureau pour parler de Charvet.

Comme il y a une foule d'individus déplaisants dans cette affaire, je me permets de vous rappeler que nous écoutions depuis plusieurs mois le portable d'Alain Charvet, ami d'enfance d'Heuzé, ancien cadre de la Caisse d'Épargne incarcéré pour escroquerie, trésorier de MÔMES, et détenteur conjoint de plusieurs comptes bancaires à Genève. Peut-être avez-vous oublié qu'en dehors d'une liaison régulière avec la patronne d'une boutique de faux ongles du quartier des Ternes, ce bon vivant rencontrait tous les jeudis en début d'après-midi la caissière pimpante et vénale d'un supermarché hard discount du XIIIe arrondissement.

Les écoutes téléphoniques nous avaient appris que rien à ses yeux n'était plus précieux que cette séance de galipettes hebdomadaire. Malgré l'affolement qui régnait à MÔMES, malgré les journalistes qui le harcelaient, malgré les menaces pesant sur son avenir, il continuait à profiter de sa jeunesse en échange de 100 euros et de quelques « petits cadeaux ».

— Il faut le choper quand il sort de sa vidange-graissage, a suggéré Pommérieux. C'est au moment où l'homme vient de se faire ponctionner les glaouis qu'il est le plus vulnérable.

— Votre connaissance de la psychologie masculine ne laisse pas de m'émerveiller, Jean-Louis.

C'était la première fois que je kidnappais quelqu'un à Paris en plein jour. Avec Lediacre, on ne risque pas de s'encroûter dans la routine.

Nous avons emprunté une voiture un peu plus grande que d'habitude aux mécanos de la Préfecture de Police qui travaillent au-dessous de nos locaux : une Renault Scénic grise. Et nous nous sommes rangés en face du petit hôtel dans lequel Alain Charvet honorait sa caissière à intervalles hebdomadaires.

Chez lui, l'amour était réglé comme du papier à musique. Ils sont entrés bras dessus, bras dessous à 14 heures pile. Puis ressortis à 15 heures tout aussi précises. Un petit bisou sur le trottoir, et adieu ! Tandis que la fille regagnait son supermarché, le gros moustachu est allé boire un verre dans le café du coin de la rue. Je tairai les commentaires de Jean-Louis Pommérieux, aussi prévisibles que consternants de grossièreté.

Une fois désaltéré, Charvet a entrepris de regagner à pied le siège de MÔMES. C'est là que nous lui sommes tombés dessus. Jean-Louis lui a brandi sa carte sous le nez :

— Police nationale. Nous avons quelques questions à vous poser.

Il y a deux cas de figure quand on veut serrer un ancien repris de justice. Soit ses mésaventures lui ont permis de connaître ses droits, auquel cas il se montre insolent, soit la prison lui a appris à s'écraser. Alain Charvet appartenait à la seconde catégorie.

Sans lui laisser le temps de réfléchir, nous l'avons poussé à l'arrière de la voiture. Pommérieux est monté à sa droite, Lediacre à sa gauche, et je me suis installée au volant. Lorsqu'il a commencé à prononcer les mots magiques « commission rogatoire », « avocat », « coup de téléphone », je roulais déjà vers Denfert-Rochereau. Il a suffi que Jean-Louis lui montre une paire de menottes pour que ses protestations s'interrompent.

Alors la voix de Lediacre s'est élevée dans mon dos :

— Je constate avec plaisir que vous êtes un homme

raisonnable, monsieur Charvet. Si vous continuez à faire preuve de lucidité, nous devrions nous entendre.

Rue du Docteur-Verdier, il a eu l'air étonné de voir que nous traversions un atelier de réparations mécaniques, mais il nous a suivis sans broncher au premier étage. Nous nous sommes enfermés tous les quatre dans mon bureau.

— Je suppose que vous vous attendiez à être interrogé par la police ? a commencé Lediacre.

— Oui, bien sûr. Mais vous vous fourrez le doigt dans l'œil si vous croyez que PGH est un pédophile !

— Monsieur Charvet, je vous en prie, n'insultez pas notre intelligence. Nous sommes des policiers, pas des journalistes. Ces histoires de pornographie infantile ne tiennent pas debout. Et cela me surprendrait beaucoup que ce chef d'accusation soit retenu contre M. Heuzé.

Le gros moustachu a écarquillé les yeux. Mais il s'est vite repris. C'est ce qui distingue les escrocs des racailles de base : ils sont rusés, ils s'adaptent, ils réagissent au quart de tour.

— Le trafic d'organes non plus. C'est une invention pure et simple. Nous n'avons jamais touché à un truc pareil.

— Vous trouvez ça condamnable, monsieur Charvet ?

— Aujourd'hui, oui. Demain, non. Je suis sûr que d'ici quelques années, on pourra acheter sans souci un rein ou un œil sur eBay.

— Comme vous, je suis porté à relativiser... Je pense que M. Heuzé et vous-mêmes êtes innocents de ce délit. Alors que reste-t-il ?

C'était drôle de les voir tous les deux face à face. Ils se ressemblaient beaucoup physiquement. Même taille, même genre de visage, même nez, même menton, même poil gris, même voix douce. On aurait vraiment dit deux frères. Avec des yeux bruns, des cheveux plus courts, une moustache et quinze kilos de plus, Lediacre aurait pu passer pour son jumeau. Mais j'anticipe...

Charvet observait le commissaire, visiblement dévoré par la curiosité.

— Les adoptions, n'est-ce pas ? a dit Lediacre.

Un sourire s'est dessiné sous la moustache de Charvet. Un sourire plein de sous-entendus.

— Ah ! Je constate que vous ne niez pas.

Le sourire s'est élargi.

— Vous comptez sans doute sur le soutien de certaines personnes à qui vous avez procuré des enfants. Des personnes que nous qualifierons de « haut placées ».

Lediacre a énuméré plusieurs noms connus, avant d'ajouter :

— Mais qui est assez haut placé pour esquiver le glaive de la Justice ? Vous avez remarqué comme moi, je présume, que la République nourrit en ce moment des velléités égalitaristes.

Le sourire s'était effacé sur les lèvres de Charvet. Il essayait de comprendre, d'anticiper.

— Ce qui nous conduit sur les rivages paisibles du lac Léman.

L'autre a relevé la tête. Cette fois-ci, il avait saisi. Il était en terrain connu. Il a regardé Lediacre comme un ripou regarde un autre ripou.

— Qu'est-ce que vous voulez ?

— Je voudrais d'abord que vous preniez conscience de la situation. Votre ami Heuzé file un très mauvais coton. Au point où vous en êtes, vous ne pouvez plus espérer le retour au statu quo. Et vous savez que la discrétion de nos voisins suisses s'arrête là où commence l'entraide judiciaire. Le compte de MÔMES à l'UBS doit déjà être surveillé. En revanche...

Les oreilles de Charvet n'en perdaient pas une miette.

— En revanche, a répété Lediacre, je m'intéresse au compte à la banque de Lucerne dont vous avez la signature conjointement avec M. Heuzé. Le compte numéroté 0832 177 849. Il s'élevait au printemps à 880 000 francs suisses, soit 540 000 euros, et je crois savoir que, depuis, cette somme s'est un peu arrondie.

— Je vois...

— Votre interlocuteur habituel est M. Jérôme Lombard.

— C'est exact.

— Je voudrais que vous lui téléphoniez pour lui annoncer votre prochaine visite.

— Quand ?

— Maintenant.

— D'accord.

Lediacre s'est levé et est allé jeter un coup d'œil par la fenêtre. Le truc classique. Sans se retourner, il a dit d'une voix très basse :

— Vous me décevez, monsieur Charvet.

L'autre a fait l'innocent :

— Pourquoi donc ?

— Parce que M. Jérôme Lombard est en vacances en Italie. Et que vous le savez parfaitement.

Je me doutais un peu de la teneur des conversations téléphoniques de Lediacre avec son ami Guy Scheinmann, numéro 3 de la police judiciaire genevoise. J'en avais à présent la confirmation.

— Excusez-moi, j'avais oublié. Vous avez raison, en ce moment c'est son adjoint qui le remplace, Lukas Piaget.

— Exact. Lukas avec un « k ». Son père est vaudois, mais sa mère vient de Zurich. Un jeune homme de vingt-huit ans, n'est-ce pas ?

— Oui, oui. Et il brasse déjà de très grosses sommes.

— Vous l'avez déjà rencontré ?

— Une fois. Quand Lombard me l'a présenté.

— Vous allez donc l'appeler et lui expliquer que les circonstances vous obligent à venir le voir demain en fin de matinée.

— OK, a dit Charvet en sortant son portable.

Lediacre a émis un toussotement désapprobateur.

— Vous ne voulez pas que je me serve de mon mobile ? Vous avez un fixe.

Lediacre s'est relevé et a fourré les mains dans ses poches.

— Je crains que nous n'ayons du mal à établir des rapports de confiance, monsieur Charvet. C'est votre deuxième tentative en moins de deux minutes. Des tentatives d'une naïveté atterrante. Comme si je pouvais ignorer que les Français détenteurs de comptes numérotés ont pour stricte consigne d'utiliser une cabine publique pour appeler leur banquier suisse.

Charvet a baissé la tête, penaud.

— Écoutez-moi bien, car vous n'aurez pas de seconde chance. Si vous continuez à finasser, vous allez devenir un obstacle pour moi, et je vais m'acharner sur vous. Ce n'est pas une menace en l'air : compte tenu des turbulences qui s'annoncent, il me sera extrêmement facile de nuire à un individu doté d'un casier judiciaire aussi pittoresque que le vôtre. Et il va de soi que je ferai en sorte de bloquer votre compte personnel au Crédit Vaudois.

Sans consulter la moindre note, Lediacre a précisé :

— Compte personnel, alimenté par des versements en espèces. Numéro 84 32 58 321. Un compte qui a récemment connu une croissance sensible, puisque nous en sommes à 640 000 francs suisses, soit environ 400 000 euros. Je vous laisse un quart d'heure pour réfléchir.

Lediacre s'est dirigé vers la porte de mon bureau, mais Charvet l'a retenu :

— C'est tout réfléchi. Si je comprends bien, c'est la Banque de Lucerne pour vous et le Crédit Vaudois pour moi?

— Oui.

— Et je peux vous faire confiance?

— Autant que je peux vous faire confiance.

Charvet a eu un petit rire triste.

— Vous me tenez par les roubignolles, hein?

Lediacre s'est tourné vers Jean-Louis et moi.

— Allons-y.

Nous sommes redescendus, et nous avons fait monter notre visiteur dans la Scénic. Puis j'ai gagné la porte de Versailles, pour me ranger au bord du trottoir, à proximité d'une cabine publique. Lediacre nous avait accompagnés, ce qui montrait bien l'importance qu'il accordait à cette démarche – et les craintes que lui inspirait l'animal. Il a poussé les précautions jusqu'à se glisser à l'intérieur de la cabine avec Charvet, de façon à ne pas perdre un mot de sa conversation avec le banquier suisse.

L'échange a duré une minute au grand maximum, et Lediacre m'a paru plutôt satisfait de la tournure que prenaient les événements.

De la porte de Versailles, nous sommes rentrés directement rue du Docteur-Verdier, et de nouveau nous avons escorté Charvet jusque dans mon bureau. Celui-ci est chauffé par un vieux radiateur en fonte, lui-même alimenté en eau chaude par un gros tuyau qui sort du mur à environ 80 centimètres au-dessus du plancher. Jean-Louis a fait passer une chaîne derrière le tuyau et l'a reliée à l'un des bracelets d'une paire de menottes, puis il a obligé Charvet à s'asseoir sur une chaise. Avant d'avoir compris ce qu'il lui arrivait, le « frère » de Lediacre s'est retrouvé avec une cheville entravée.

— Qu'est-ce que vous faites ? s'est-il exclamé. Vous n'allez pas me garder prisonnier ? C'est quoi, ce délire ?

Sans un mot, Jean-Louis est allé chercher un lit pliant dans un bureau voisin et est revenu l'installer près du radiateur.

— Ça va durer longtemps, cette plaisanterie ?

Lediacre, qui était allé restituer la Scénic aux mécanos d'en bas, est alors apparu sur le seuil de la pièce.

— Jusqu'à demain après-midi, monsieur Charvet. Si mon voyage en Suisse se déroule sans anicroche, vous recouvrerez votre liberté. Entre-temps, je préfère prendre mes précautions. Vous voudrez donc vous considérer comme notre invité.

— Mais j'ai des tas de trucs à faire. Il faut que je prévienne…

Jean-Louis lui a coupé la parole :

— Tu n'as rien à faire. Que dalle. Peau de zob. Et puis de quoi tu te plains ? On aurait pu te serrer avant que tu ailles tirer ton coup avec la jeunette. Ce soir, on va se commander une petite pizza et une ou deux bouteilles de valpolicella. Ensuite, on passera la nuit ensemble comme de vieux copains. Et demain matin, je te promets que tu auras ton caoua et tes croissants.

— Ce n'est pas possible ! Il faut que…

— Allons, monsieur Charvet, a dit Lediacre, ne gaspillez pas votre salive. Si à un moment donné vous avez le moral en berne, songez à votre compte au Crédit Vaudois : cela devrait suffire à vous rasséréner.

— Vous me tenez vraiment par…

— Par les roubignolles, oui, vous l'avez déjà dit tout à l'heure. Et, mon Dieu ! cette comparaison ne manque pas de pertinence.

18

Lediacre avait tout prévu, jusqu'au moindre détail de ma garde-robe.

Le lendemain aux aurores, alors que Jean-Louis et Charvet devaient encore dormir dans mon bureau, j'ai enfilé un jean neuf, une paire de mocassins Tod's et un chemisier Burberry, lui aussi flambant neuf. À la gare de Lyon, je suis montée directement dans un wagon de seconde classe du premier TGV à destination de Genève. Pour plus de sécurité, Lediacre avait décidé que nous ne voyagerions pas ensemble. Bien entendu, il s'était installé en première.

Ce luxe de précaution était justifié par le fait que, cette fois-ci, nous travaillions sans filet. Quand je lui avais demandé si nous serions de nouveau protégés par Guy Scheinmann, il avait secoué la tête :

— Non, Hélène. Demain, pas d'anges gardiens.

— Pourquoi ?

— Pour une raison impérieuse. Quand on travaille en solo, on n'a pas besoin de partager les bénéfices.

À Genève, j'ai franchi en douceur les deux contrôles de police, puis j'ai marché jusqu'au pont qui enjambe le

Rhône et attendu Lediacre en contemplant les grands immeubles éclairés par le soleil de juillet.

Quand il m'a rejointe quelques minutes plus tard, ma mâchoire s'est décrochée, et j'ai dû faire appel à toute ma volonté pour refermer ma bouche. Il portait une fausse moustache et un costume clair sur un polo noir, exactement comme Charvet. Un coussin comprimé dans un corset lui donnait un bide énorme superbement imité. Et il était allé se faire couper les cheveux la veille pour parfaire la ressemblance. Quand il est arrivé à ma hauteur, j'ai remarqué les verres de contact qui brunissaient ses yeux bleus.

— Alors, votre verdict? m'a-t-il demandé avec un petit sourire.

— Vous me sciez littéralement, patron. Il n'y a qu'un détail...

— Quel détail? Soyez franche.

— La moustache... Elle n'est pas terrible.

— C'est ce que je me suis dit ce matin. Hélène, vous confirmez mes craintes. Ou plutôt, Aurélie, tu confirmes mes craintes. Nous devons nous entraîner dès maintenant à nous tutoyer. Appelle-moi Alain, Aurélie.

Il a ouvert son attaché-case et m'a tendu un objet rectangulaire.

— Tiens, Aurélie, voici ton passeport.

— Je te remercie, Alain.

J'ai pouffé de rire, tellement cela me semblait absurde de tutoyer Lediacre!

Il a jeté un regard circulaire pour s'assurer que personne ne nous observait et, d'un geste sec, il a arraché sa moustache postiche.

— Qu'est-ce que vous... Qu'est-ce que tu fais, Alain?

— Ne t'inquiète pas, Aurélie. Je viens de donner la touche finale à mon scénario.

Malgré ses lentilles colorées, une lueur d'ironie mortelle brillait dans ses yeux, et nous avons éclaté de rire tous les deux.

Je n'étais pas du tout rassurée. Ma formation ne m'avait pas préparée à jouer les espionnes à deux balles – même si les risques sont moindres dans la Confédération helvétique qu'en Iran ou en Corée du Nord. Et nous nous apprêtions à violer une liste de lois longue comme le bras. Mais aujourd'hui encore, il me suffit de repenser à ma balade avec « Alain » sur les bords du lac Léman pour rigoler comme une bécasse dans mon coin.

Une banque suisse n'a strictement rien à voir avec l'agence du Crédit Lyonnais ou de la BNP où le Français de base va faire la queue pour obtenir un carnet de chèques ou renouveler une carte de crédit. Là-bas, c'est luxe, calme et volupté. Un vigile très aimable nous a fait monter dans un ascenseur. Une hôtesse encore plus souriante nous a accueillis à l'étage et introduits dans un bureau somptueux, avant de nous apporter un plateau chargé de tasses de café, de viennoiseries, d'une bouteille d'eau minérale et de tout ce dont on peut avoir envie à 11 heures du matin.

C'est alors, et seulement alors, que Lukas Piaget nous a rejoints.

Tout s'est joué en dix secondes et dix mots. Il a dévisagé le faux Charvet avec une drôle d'expression, mais Lediacre ne lui a pas laissé le temps de souffler.

— Bonjour, cher ami ! s'est-il exclamé avec la jovialité du vrai Charvet. Vous ne me remettez pas ? Vous savez pourquoi ? Ma moustache ! Je l'ai rasée il y a quelques jours. Vous n'imaginez pas le calvaire que je vis à Paris en ce moment. Les journalistes sont à mes basques.

Le jeune banquier a hoché la tête, compatissant.

— Je comprends, je comprends...

Et Lediacre a embrayé dans la foulée :

— Mon ami... heu... *notre* ami Pierre-Guillaume est l'objet d'attaques d'une bassesse inouïe. Une véritable cabale ! Je suis absolument certain que la vérité finira par l'emporter et qu'il sera blanchi de ces accusations immondes.

— Je n'en doute pas non plus, a répondu le jeune freluquet, d'un ton super faux-jeton. Mais en attendant...

— C'est la raison de ma visite.

— Quelles mesures envisagez-vous, monsieur Charvet ?

— En accord avec notre ami Pierre-Guillaume, je souhaiterais prendre certaines précautions. Vous comprenez...

— Je comprends parfaitement que votre situation est délicate.

— Délicate, c'est le mot. Donc, je souhaiterais fermer notre compte joint et en ouvrir un autre afin d'y transférer les fonds.

— C'est une première mesure très raisonnable. Et madame ou mademoiselle...

Piaget s'était tourné vers moi.

— Excusez-moi, cher ami, je ne vous ai pas présenté Aurélie Heuzé.

— La fille de...

— Non, Pierre-Guillaume n'a pas d'enfants. Aurélie est sa nièce, la fille de son frère. Vous ne serez pas surpris d'apprendre qu'elle travaille dans une ONG.

Je lui ai adressé un petit sourire bêta, car moins j'ouvrais la bouche, moins je risquais de commettre un impair.

— Pierre-Guillaume aimerait qu'Aurélie ait aussi la signature, a expliqué Lediacre. Je me targue d'avoir sa confiance absolue mais, vous comprenez, les liens familiaux sont une assurance...

Lukas Piaget comprenait très bien. Il nous a demandé nos passeports et a disparu pendant quelques minutes.

Lediacre et moi avons tué le temps en nous tutoyant. Puis notre banquier est revenu avec des tas de documents à nous faire signer.

Une fois la paperasse liquidée, Lediacre lui a balancé la dernière information capitale.

— Bien entendu, cher ami, vous ne serez pas étonné si je vous appelle assez rapidement pour transférer une partie de ces fonds vers un compte plus exotique. Il est possible que Pierre-Guillaume ait besoin d'argent pour faire face à la meute de ses ennemis. Ce ne serait que très provisoire, car nous sommes pleinement satisfaits de votre établissement.

— Aucun problème, monsieur Charvet. Nous n'avons pas à remettre en question les décisions de nos clients.

À midi moins le quart, Piaget nous a raccompagnés jusqu'à l'ascenseur, et nous sommes ressortis dans la rue, plus riches de 610 000 euros. Je n'avais qu'une idée très générale de ce que Lediacre manigançait pour la suite : l'argent allait sans doute s'envoler pour un paradis fiscal antillais, avant de revenir dans une autre banque suisse où il avait ses habitudes.

Quant à l'utilisation des fonds, elle était évidente. Vingt cousines à 800 ou 900 euros par mois, primes non comprises, cela impliquait un budget supérieur à 200 000 euros par an. Pommérieux allait donc pouvoir fréquenter les hypermarchés de la banlieue parisienne pendant encore trois ans…

Nous sommes entrés dans un café pour manger un sandwich, et Lediacre en a profité pour aller retirer ses lentilles et sa bedaine aux toilettes. Puis il m'a réclamé le passeport de la nièce de PGH et l'a glissé avec celui de

Charvet dans une enveloppe en kraft déjà timbrée, et sur laquelle j'ai lu notre adresse rue du Docteur-Verdier.

— On ne sait jamais avec les contrôles de police, m'a-t-il expliqué. Ce n'est pas la peine de s'attirer des ennuis pour rien.

J'ai compris qu'il allait jeter le pli dans la première boîte aux lettres, et supprimer ainsi tout risque de complications à la frontière, où les fouilles au corps sont assez fréquentes. Mais j'ai surtout été frappée par la minutie de ses préparatifs : il était arrivé de France avec une enveloppe portant déjà des timbres suisses ! Et tout à l'avenant : l'attaché-case était assez grand pour accueillir un coussin ; le coussin pouvait très bien lui servir à dormir dans le train ; quant aux lentilles marron, elles avaient dû disparaître dans la cuvette des toilettes. Pour le retour à Paris, il avait réservé deux fauteuils mitoyens, en première classe. Le hasard ne s'amusait pas tous les jours avec le divisionnaire Lediacre.

Dès que le TGV est entré sur le territoire français, quelques minutes après le départ de Genève, il m'a tendu un portable (destiné exclusivement à ce voyage, car il était exclu que nous apportions les nôtres). J'ai composé le numéro de Pommérieux.

— Jean-Louis ? Tout va bien. Notre invité ne t'a pas causé d'ennuis ?

— Au contraire ! On se marre comme des baleines. Il a un stock de blagues inépuisables, ce con !

— Le patron me dit que tu peux le rendre à la vie active...

— Ça tombe bien, on a une petite dalle tous les deux.

J'ai appris le soir même que le geôlier et son prisonnier, fatigués des pizzas, étaient allés se taper la cloche dans un restaurant de la rue de Vaugirard.

— On n'allait pas se quitter fâchés ! m'a expliqué Jean-Louis.

Tous les poulets vous le diront : les dealers forment une engeance abominable, les assassins vous coupent vite l'appétit, et il ne viendrait à l'idée de personne de s'offrir un gueuleton avec un criminel sexuel, mais les escrocs sont souvent les gens les plus distrayants de la terre.

19

L'histoire aurait pu s'arrêter là. Elle aurait même dû s'arrêter là. Lediacre avait empoché le magot et châtié Pierre-Guillaume Heuzé de manière indirecte, certes, mais efficace. Sa réputation était ruinée, il était interdit de séjour en Thaïlande, et les financements de MÔMES s'étaient asséchés presque instantanément. Sans donateurs ni subventions européennes, la faillite n'était plus qu'une question de temps. Et cet imbécile continuait à clamer son innocence depuis la Californie. La juge Aline Torricelli, que la méchanceté rendait intelligente, se gardait bien d'émettre un mandat d'arrêt international. L'opprobre social et moral ne vaut-il pas toutes les peines de prison ?

La seule ombre au tableau, du moins à mes yeux, c'était Jacques Petit, qui était en train de mourir tout seul dans un hôpital. J'aurais voulu lui rendre une dernière visite, mais c'était impossible. Je ne suis pas sûre, de toute façon, qu'il y aurait accordé une grande importance. C'était vraiment un solitaire, et la vengeance était plus efficace que la morphine pour adoucir son agonie.

Nous sommes donc partis en vacances. Lediacre est allé marcher dans les Alpes avec Babette, Jean-Louis s'est envolé pour Casablanca, et j'ai rejoint des amis dans un gîte de la côte atlantique. Mais sur les plages de Vendée, sur les sentiers de randonnée savoyards et dans les cafés marocains, nous gardions dans un petit coin de notre mémoire l'image de la Flûte Enchantée en train de violer des enfants asiatiques. La Providence, en la personne du père Autexier, nous avait lancés sur sa piste, et tous les trois, nous étions plutôt du genre tenace.

À la rentrée de septembre, nous nous sommes occupés d'une autre affaire, tout en gardant nos antennes en éveil. En octobre, même chose. Et c'est finalement à la mi-novembre que le légendaire commandant Pommérieux a ramené dans sa besace un renseignement exploitable.

Vous vous souvenez peut-être de Nadia. Le jour où j'avais accompagné Jean-Louis dans le Carrefour de Drancy, celui-ci avait rencontré deux cousines. Halima, la femme d'un trafiquant de shit détenu à la centrale de Melun avec Mehmet Zolku, dit Ali le Tchétchène. Et puis une dénommée Nadia, originaire de Sfax, dont le mari était incarcéré à Caen pour plusieurs viols. Non content de lui avoir fait trois enfants et refilé le sida, ce charmant garçon ne nous fournissait que des tuyaux pourris, de sorte que Jean-Louis avait réduit son allocation mensuelle à 500 euros, puis 400, puis 300 – et encore, par pure charité.

L'abruti avait fini par comprendre que ses gosses allaient bientôt crever la dalle et, beaucoup plus grave, qu'il n'aurait plus un radis pour cantiner. Il avait donc ravalé son honneur et s'était mis en chasse.

Aussi étrange que cela puisse sembler, il existe une stricte hiérarchie au sein de la corporation des violeurs. Au sommet, les petites racailles qui se livrent à des tournantes, activité ludique qui dans leur esprit n'a rien de méprisable. Au-dessous, les malades qui se jettent sur des femmes dans les parkings ou dans les halls d'immeuble. Encore un cran, et vous tombez sur les travelos, transsexuels et assimilés. Enfin, la lie de la profession : les pointeurs qui s'en prennent aux enfants.

Pour obéir aux consignes de Pommérieux, autrement dit pour glaner des informations sur la Flûte Enchantée, le mari de Nadia avait donc dû se mettre à fréquenter les parias de la prison de Caen. À supporter leurs délires. À tendre l'oreille dès que certains mots étaient prononcés.

À force d'assiduité, il avait obtenu un tuyau, confié à Nadia à la faveur d'un parloir, puis transmis à Jean-Louis entre les gondoles de l'hypermarché.

Un certain Sébastien X, vingt-huit ans, moniteur dans un club de judo l'hiver, dans une école de voile l'été, condamné pour deux viols sur enfants et une série d'attouchements, lui avait parlé d'un mystérieux Hollandais, qu'il avait rencontré à Amsterdam avant son arrestation. Celui-ci se nommait Sandro, avait quelques années de plus que lui, était toujours entre deux pétards, et affichait une dégaine mi-gothique, mi-néonazie. Lors d'une soirée fumette, Sébastien X s'était vanté de ses exploits pédophiles. Et Sandro, énervé par ses fanfaronnades, lui avait répliqué sèchement qu'il connaissait très bien un autre Français, mais un vrai héros, celui-là, une réincarnation du marquis de Sade, un marteau-piqueur en folie, recherché par toutes les polices du monde. La Flûte Enchantée.

L'information était ténue : de seconde main, provenant d'un individu dégénéré et obtenue dans un nuage de marijuana. Pas de nom, pas d'adresse, pas de date. Mais si les flics n'exploitaient pas les informations ténues, ils n'arrêteraient pas grand monde.

Lediacre a réagi au quart de tour :

— Hélène, vous avez lu le dossier que nous a remis Giovanelli au mois de juin. Vous devez vous souvenir qu'il y est fait mention d'un Néerlandais ?

— Non, patron, mais je peux chercher...

— Un dénommé Wim Oosterend. Né la même année que Raphaël Lepuiset. Ils ont été moniteurs dans la même colonie de vacances en juillet-août 1998. En Ardèche. Ils avaient vingt et un ans tous les deux.

— Ah oui ! Ça me dit quelque chose. Je crois que les gendarmes ont demandé à la police néerlandaise de le contacter ?

Lediacre a eu un petit sourire.

— Vous voyez que vous aussi vous avez une bonne mémoire. Je ne pense pas qu'il y ait de retour dans le dossier.

J'ai ouvert la chemise correspondante sur mon bureau, et j'ai vite retrouvé la trace de Wim Oosterend.

— Effectivement, patron, il n'y a rien. On ignore si les Néerlandais l'ont interrogé. Vous croyez que cet Oosterend pourrait être Sandro ?

Le lendemain, nous détenions une partie de la réponse. Selon le général Giovanelli, que Lediacre avait prié de se pencher sur cette lacune, Wim Oosterend était un toxicomane connu à Amsterdam pour ses provocations politico-sexuelles, et surtout pour sa vénalité. Les flics locaux avaient expliqué à leurs collègues français qu'il exigeait une rémunération pour fouiller sa mémoire ; ils n'avaient donc pas pu satisfaire la demande de Paris.

Devant moi, Lediacre a donné plusieurs coups de téléphone, d'abord en français, puis en anglais. Visiblement sans grands résultats. Du coup, je suis allée vaquer à d'autres occupations.

Deux heures plus tard, il est entré dans mon bureau avec une petite lueur dans le regard.

— Un commissaire d'Amsterdam vient de me rappeler. Le surnom de Sandro ne lui dit rien du tout, et d'après lui Oosterend ne se livre pas à des pratiques pédophiles. Pas vraiment de casier. Aucune condamnation sérieuse, rien que des tapes sur les doigts. C'est une espèce de drogué plein de piercings qui, à trente ans passés, admire Satan, Adolf Hitler, Ben Laden et le Grand Méchant Loup. Un certain Iggy Pop, également, bien que je ne sache pas du tout qui est ce monsieur. En revanche, mon contact a consulté ses dossiers et trouvé une donnée qui peut nous intéresser. Oosterend parle très bien français, et il se rend régulièrement en France depuis ses années de lycée.

Je lui ai expliqué en deux mots ce que tout honnête homme devrait savoir sur Iggy Pop et les Stooges – ce n'est pas tous les jours que l'occasion vous est donnée d'apprendre quelque chose à Lediacre. Et j'ai conclu sur un ton faussement blasé :

— J'ai comme l'impression que nous allons bientôt visiter Amsterdam, patron.

— Hélas non ! M. Oosterend n'est pas à Amsterdam en ce moment. Il tient compagnie à sa pauvre maman, qui réside à Lelystad. Elle souffre d'une grave maladie de cœur, et rien n'interdit à un sataniste tatoué d'aimer tendrement sa vieille mère.

20

Lelystad est une cité-dortoir construite de toutes pièces sur le polder du Flevoland, à une cinquantaine de kilomètres au nord-est d'Amsterdam. C'est aussi moche que Trappes ou Marne-la-Vallée, mais en beaucoup plus propre, et avec partout de grands blonds et de grandes blondes montés sur des vélos. Et puis Lelystad est plus pittoresque : nos banlieues moroses ne sont pas protégées par des digues, et ne risquent pas d'être un jour englouties sous les flots de l'Ijsselmeer.

Quand nous sommes arrivés début décembre, il faisait un froid de canard. Comme lors de nos déplacements en Suisse, nous voyagions incognito, sans cartes de police, avec une petite Opel louée sur l'aéroport d'Amsterdam. Nous n'avions ni besoin ni envie de rencontrer de collègues hollandais.

Un coup d'autoroute, et nous entrions dans la ville de Lelystad. Une fois la gare repérée, nous avons vite localisé la rue de pavillons où habitait la mère de Wim Oosterend. Comme la coutume protestante veut qu'on mène son existence quotidienne sans volets, ni rideaux, ni voilages, pour prouver qu'on n'a rien à cacher, nous l'avons aperçue dans la salle de séjour dès notre premier passage devant sa maison de brique à un étage. Au deuxième passage, nous avons noté ses cheveux bleutés et son dos voûté. Au troisième passage, un quart d'heure plus tard, une silhouette d'homme s'est dessinée dans l'embrasure d'une porte qui devait donner sur la cuisine.

Je me suis tournée vers Lediacre.

— L'oiseau est au nid.

— Oui. Vous ferez demi-tour, Hélène, s'il vous plaît, et vous vous rangerez là-bas, au bord du canal.

J'ai garé l'Opel à une centaine de mètres de la maison des Oosterend, de manière à pouvoir surveiller la barrière de leur jardinet. Ensuite, comme tous les flics dans tous les pays du monde, nous avons pris notre mal en patience. Ce n'est pas la joie d'attendre un après-midi entier sur un polder gelé, mais Lediacre avait de bonnes raisons de ne pas aller tirer leur sonnette.

À cette époque de l'année, il fait nuit à 16 heures, et la température en profite pour descendre nettement au-dessous de zéro. Je redémarrais donc le moteur de temps en temps pour donner un petit coup de chauffage dans l'habitacle, mais nous étions tout de même transis de froid. Et on s'ennuie encore davantage quand on a les pieds gelés. Nous songions déjà à chercher une chambre d'hôtel et à revenir le lendemain lorsque, quelques minutes avant 19 heures, un type très maigre a poussé la barrière et s'est éloigné à grandes enjambées.

— Il n'a pas l'air d'avoir de voiture, patron. Je ne sais pas où il va, mais il y va à pied.

— Nous ne pouvions pas espérer mieux. Allez-y.

Je me suis décollée du trottoir et j'ai suivi Wim Oosterend en petite seconde. Nous croisions quelques véhicules, et il y avait pas mal de gens à vélo sur la piste cyclable. Sur un signe de Lediacre, j'ai débrayé pour atténuer le bruit du moteur. Alors il a ouvert sa vitre et crié :

— Sandro !

Les ruses éculées sont les plus efficaces. Le grand maigre a sursauté et s'est retourné brusquement. En une fraction de seconde, deux époques, deux personnages venaient de se téléscoper. Wim Oosterend et Sandro n'étaient qu'un seul et même individu.

Nous n'avions jamais été aussi proches de la Flûte Enchantée.

J'ai arrêté la voiture à sa hauteur.

— Bonjour, Sandro, a dit Lediacre.

Oosterend l'a dévisagé, interloqué. Il ne comprenait absolument pas à qui il avait affaire. Puis il s'est penché pour voir la conductrice, c'est-à-dire moi. Et son exclamation a fusé :

— Tiens, des flics ! Et des flics français !

J'ai été vexée, d'autant plus que ce n'était pas la première fois que cela se produisait. Il arrive de temps à autre que l'un de nos clients examine Lediacre avec perplexité, mais comprenne qui sont ses visiteurs à la seconde où il me voit. Comme si j'avais le mot POLICE écrit sur le front en lettres fluorescentes.

— Vous allez en ville ? a dit Lediacre. Nous pouvons peut-être vous y conduire ?

Il n'a pas hésité longtemps.

— D'accord. Vous pouvez même me payer une bière.

Cela me scie toujours, les gens qui parlent les langues étrangères à la perfection, moi qui ânonne à peine un anglais de lycée. Le français de Wim Oosterend était irréprochable, et sa pointe d'accent un peu gutturale aurait pu venir d'Alsace ou de la Moselle.

Il nous a guidés jusqu'à une espèce de dalle battue par les vents et ceinturée par de grands immeubles lugubres.

C'est en sortant de l'Opel que j'ai enfin pu l'observer de près. Environ 1,85 mètre, décharné, vêtu de cuir noir des pieds à la tête, cheveux ras et au moins vingt piercings sur le visage : nez, lèvres, sourcils. Parmi les ornements de son blouson, des svastikas indiens, c'est-à-dire orientés dans le sens inverse des insignes hitlériens.

L'animal était difficile à classer. Un punk SS? Un skin squelettique? Un minable provocateur camé? Un adolescent en crise âgé de trente ans?

Sans un mot, il s'est dirigé vers un grand café. Une bouffée de chaleur nous a salués à l'entrée, et nous sommes allés nous asseoir à une table. Il a commandé trois pressions sans nous demander notre avis et a sorti un joint de la poche de son blouson. Lediacre, aussi impassible qu'à l'ordinaire, ignorait ses regards ironiques et ses provocations puériles. Moi, j'ai tout de même serré les poings lorsqu'il a allumé son pétard avec un énorme Zippo sur lequel était gravée une croix gammée, dans le bon sens cette fois-ci. L'odeur reconnaissable entre toutes s'est répandue dans le café. Quand on a été lieutenant à l'Office des stups pendant plusieurs années (et même chef de groupe à la fin), on apprécie modérément la tolérance des Néerlandais, qui confine à la complaisance.

Wim Oosterend a attendu qu'une serveuse nous ait apporté les trois bières pour nous tirer la langue, révélant ainsi un piercing qui avait échappé à mon attention. Par ailleurs, depuis qu'il avait dénoué son écharpe noire, on distinguait des tatouages verts qui lui remontaient dans le cou. Il avait vraiment la panoplie complète.

— Alors, les amis, qu'est-ce que vous me voulez?

— Vous vous en doutez un peu, non?

— Allez, on se tutoie!

— Comme vous voudrez, a répliqué Lediacre.

Durant toute notre conversation, chacun allait camper

sur ses positions : Oosterend nous tutoyant, Lediacre le vouvoyant.

Il a tiré une bouffée d'herbe avant de lâcher :

— La Flûte Enchantée, hein? Mon vieux copain Raphaël...

— Oui.

— Tu ne peux rien contre moi, ici. On est en Hollande, pas en France.

— C'est exact. Nous sommes ici pour discuter.

— Tu as beaucoup d'argent, j'espère.

— Je sais déjà qu'une récompense pourrait vous aider à fouiller dans votre mémoire.

Un grand sourire s'est étalé sur le visage du skin.

— Ah! Si tu me prends par les sentiments... Qu'est-ce que tu dirais de 100 000 euros?

— Je constate avec plaisir, monsieur Oosterend, qu'une transaction commerciale est envisageable entre nous. Mais avant de parler de sommes aussi ridiculement élevées, j'aimerais d'une part savoir ce que vous avez à vendre, d'autre part me faire une idée de votre fiabilité.

— Tu parles comme mon livre de grammaire quand j'étais collégien.

— Je vous remercie du compliment.

Il nous a regardés tour à tour.

— Est-ce que vous baisez ensemble?

Je lui aurais volontiers collé ma main sur la figure, mais à l'étranger on ne fait pas toujours ce qu'on veut.

— Allons, monsieur Oosterend, a murmuré Lediacre, épargnez-nous ces sottises, et dites-nous ce que vous avez à vendre.

Il bichait, l'imbécile. Notre visite était un rayon de soleil dans son existence minable, sur son polder, entre ses pétards et sa vieille mère malade, et il voulait en profiter à fond.

— Tu as apporté de l'argent ?

— Oui.

Il a regardé Lediacre droit dans les yeux et compris que c'était du sérieux. Il a encore fait le zouave pendant une minute, tiré la langue, commandé une autre bière, allumé un autre joint, ricané stupidement. Mais il avait mordu à l'hameçon pour de bon.

— Tu veux que je te dise ce que j'ai à vendre ? Eh bien, écoute. Tu dois savoir que Raphaël vient de la banlieue ouest ? Versailles, Chaville...

— Montigny-le-Bretonneux, Nanterre, a poursuivi Lediacre.

— Oui, oui. Mais il y a un autre coin qu'il connaît très bien. Très très bien.

— Cela ne vaut pas cher.

— Oh si ! Parce que je sais aussi comment il se cache. Tu sais que je l'ai connu dans une colonie de vacances ? On était moniteurs tous les deux. Les gamins, c'était pas mon truc. Mais lui, ça l'excitait un max.

— Vous n'êtes pas pédophile ?

— Je trouve ça rigolo, mais pour les autres. Moi, ce que j'aime, c'est les trous du cul. Et toi, ça te branche, les trous du cul ?

— Modérément.

— Et toi, a insisté le pénible en me tirant la langue.

J'ai haussé les épaules.

— Vous ne savez pas ce qui est bon. Enfin, Raphaël est parti en Asie en 99. Quand je l'ai revu en 2000 à Paris, il avait déjà prévu ce qu'il allait faire. La Flûte Enchantée, les films avec les truquages, tout le bordel. Et aussi comment il se cacherait une fois qu'il serait rentré en France. Une cachette géniale. Mais ça va te coûter cher...

Lediacre l'a laissé commander une troisième bière. J'avais bu la moitié de la mienne, et le commissaire avait à peine trempé les lèvres dans son verre. Il y avait de quoi être tendus : nous étions à la merci des caprices d'un toxicomane hitlérien.

— Vous n'avez eu aucun contact depuis 2000, monsieur Oosterend ?

— Bien sûr que si ! Il m'envoyait des e-mails de Thaïlande. J'ai vu tous ses films comiques. Avec ses masques et ses accessoires ! Raphaël a toujours aimé qu'on l'admire.

— Justement, monsieur Oosterend, j'aimerais savoir pourquoi vous vous apprêtez à nous vendre un ami.

Nouveau ricanement. Nouveau tirage de langue. Nouveaux chichis. Ce type d'individu peut sembler original au début, mais en réalité on en fait très vite le tour. Ce sont des êtres pitoyables, des fainéants, des lopettes qui essayent de choquer les bourgeois avec les mêmes recettes usées jusqu'à la corde depuis l'âge de treize ou quatorze ans.

Ça n'a pas manqué, d'ailleurs. Il a fallu qu'il demande à Lediacre avec un gros sourire narquois :

— Tu suces souvent des queues ?

— Euh… j'ai surtout une connaissance livresque de ce genre de pratiques.

— Moi, j'ai souvent taillé des pipes à Raphaël, mais lui, il ne m'a jamais rendu la politesse. Il est comme ça, Raphaël. Il se prend pour Lucifer, le roi des Enfers. Il croit que tout lui est dû.

— Je comprends votre dépit, a murmuré Lediacre.

— Vas-y, demande ! Tu veux vérifier si tu peux avoir confiance en moi ? Alors pose tes questions.

Oosterend plastronnait dans le bistrot surchauffé et parfumé à la marijuana. Il se croyait malin avec ses croix gammées. Mais le type bien élevé qui lui faisait face était un million de fois plus dangereux que lui.

— Inutile. J'ai confiance en vous. Il ne reste qu'à fixer un prix.

Le skin a eu un gros passage à vide. Un long moment de flottement. Il n'en croyait pas ses oreilles.

— 100 000 euros, a-t-il balbutié.

— 10 000.

— 50 000.

— Coupons la poire en deux. 20 000.

Lediacre a tendu la main. Bien que les deux moitiés de la poire ne soient pas très égales, l'autre a topé là. J'avoue que moi aussi j'étais sidérée. 20 000 euros à ce cloporte ! L'équivalent de huit mois de salaire d'une capitaine de police ! Et sans aucune garantie.

Sans lui laisser le temps de souffler, Lediacre a jeté un billet sur la table et s'est levé.

— On fait ça dans la voiture.

Cette fois-ci, Oosterend a dû suivre le commissaire qui se dirigeait d'un bon pas vers l'endroit où nous avions garé l'Opel.

Je me suis installée au volant, et Lediacre s'est assis à côté de moi tout en faisant signe à notre informateur de monter à l'arrière. Il a sorti un petit sac en nylon de la poche de son pardessus et compté 200 billets de 100 euros. Dans mon rétroviseur, je voyais l'autre baver.

Lediacre s'est tourné vers lui en agitant la liasse au-dessus de mon épaule.

— J'écoute.

Désormais, les rôles étaient inversés. C'est d'une voix presque timide que Oosterend a obéi :

— En 1999 et 2000, avant et après son premier voyage en Asie, Raphaël a vécu chez deux gros cochons qui aimaient bien les gamins, comme lui. Une semaine chez l'un, une semaine chez l'autre. Le premier, Paul, habitait à Montrouge. C'est tout près de la porte d'Orléans.

— Nous savons où se trouve Montrouge, merci.

— L'autre, Jimmy, n'habitait pas loin du tout. À Vanves, je crois, ou dans une banlieue qui a un nom russe.

— Malakoff?

— Oui, c'est ça.

— La cachette géniale, maintenant.

Le ton de Lediacre s'était durci. Il ne voulait pas lui laisser le temps de déformer la vérité ou d'inventer un mensonge.

— Il m'en a parlé un soir. C'est son grand défaut, à Raphaël, il faut toujours qu'il se vante. Mais là, c'était vraiment une idée géniale. Il m'a dit : « Où est-ce que les flics n'iront jamais chercher un citoyen français ? » Tu dois connaître la réponse, toi, comme tu es flic.

— Continuez, monsieur Oosterend.

— Imagine un Français qui se cache en France. Sous quel déguisement tu ne le trouveras jamais ?

— Continuez.

— Sous quelle identité ?

De nouveau, Lediacre a secoué la liasse de billets, que l'autre contemplait avec fascination.

— Je commence à deviner. Il s'agit d'une cachette très inconfortable, n'est-ce pas ?

— Oui, oui.

— D'une identité qu'il ne viendrait à l'idée de personne d'usurper ?

— Oui. Vous, les flics, en France, vous n'aimez pas beaucoup les *négros*, les *ratons*, les *bamboulas*, les *macaques* ? *Heil Hitler !*

Lediacre n'a même pas relevé.

— Si je vous comprends bien, Raphaël Lepuiset se fait passer pour un étranger en situation irrégulière ?

— Exactement, a répondu Oosterend en tendant la main vers les billets.

Lediacre n'a pas résisté.

— Parfait, monsieur Oosterend, je vous souhaite une bonne soirée.

Le skin est descendu de l'Opel en tenant son argent à deux mains, et j'ai démarré sur les chapeaux de roues. Notre visite à Lelystad était terminée.

Et elle me restait en travers de la gorge.

Sur l'autoroute qui nous ramenait à Amsterdam, où nous comptions passer la nuit afin d'attraper le premier vol disponible le lendemain matin, Lediacre a senti qu'il me devait des explications.

— Allez-y, Hélène, confiez-moi ce que vous avez sur le cœur.

Je ne me le suis pas fait dire deux fois.

— 20 000 euros ! Quand même ! Pour un tuyau foireux ! Comment pouvez-vous savoir si ce nazillon ne vous a pas raconté des salades ?

— C'est un pari risqué. Mais Oosterend me paraît assez fiable.

— Fiable ? Vous avez confiance dans cette planche pourrie ?

— Écoutez mon raisonnement, Hélène. Oosterend aime déplaire. Et il se donne beaucoup de mal pour y parvenir depuis de nombreuses années. Il s'enlaidit à plaisir, professe des théories nauséabondes, défend la pédophilie alors même qu'il ne la pratique pas. Mais à ce petit jeu, son vieux rival Raphaël Lepuiset l'a battu de la tête et des épaules. Que pèse un médiocre tatoué hollandais en face de la Flûte Enchantée ? Les satanistes se jalousent entre eux tout autant que les reines de beauté... À cette rancœur s'ajoute le désir de revanche envers un partenaire sexuel qui lui a jadis témoigné du mépris. Bah ! la sexualité de M. Oosterend est sans doute trop labyrinthique pour notre modeste bagage en psychologie. L'important, c'est que les 20 000 euros n'ont été à mon avis qu'un élément déclencheur. J'ai compris qu'il souhaitait sincèrement l'arrestation de son ancien ami.

Il m'a regardée un bon moment.

— J'ai le sentiment de ne pas avoir dissipé toutes vos objections.

— Patron ! Je suis d'accord pour rémunérer les indics, ça ne me pose aucun problème moral. Mais là, 20 000 euros, je suis scandalisée.

— Vous connaissez mes principes, Hélène : l'argent sale doit être géré avec la plus rigoureuse intégrité. Vous êtes bien placée pour savoir que je manie des sommes importantes ! Des centaines de milliers d'euros, vingt familles à nourrir, des primes, des extras... Alors je me suis dit que, pour une fois, je pouvais peut-être m'offrir un petit plaisir.

J'avais beau le fréquenter depuis deux ans et subir à longueur de journées ses plaisanteries au huitième degré, j'aurais été incapable de dire s'il parlait sérieusement. En tout cas, je n'ai rien trouvé à répliquer.

21

Cette enquête était étrange. J'étais allée au Pays-Bas, à Lyon, deux fois en Suisse, deux fois sur la Côte d'Azur ; je m'étais penchée sur des photos prises en Californie, ainsi que sur des cartes de Thaïlande, du Vietnam, de Birmanie. Et voilà qu'à présent il fallait chercher Raphaël Lepuiset à portée de fusil de nos locaux, de l'autre côté du périphérique.

Les intuitions vertigineuses et les procédés artistiques, c'était fini. Nous retrouvions le B.A. BA du travail de police. L'idée de départ était on ne peut plus classique : un type en cavale se planque en général dans un coin qui lui est familier. Un quartier, une cité, une région, ou le maquis corse. Parce qu'il y a ses repères, parce qu'il s'y sent plus à l'aise que dans un environnement étranger. Notre client connaissait comme sa poche une partie des Yvelines, surtout les environs de Versailles, mais justement il courait le risque d'y faire de mauvaises rencontres. Je devais apprendre par la suite que les hommes de Thirion avaient privilégié – à tort – cette hypothèse.

Lediacre, à l'inverse, misait sur les villes de proche banlieue citées par Wim Oosterend. Lepuiset y avait séjourné pendant de longs mois, c'est-à-dire assez pour s'y déplacer comme un poisson dans l'eau, mais pas pour y être connu comme le loup blanc. Nous avons donc établi un périmètre : Montrouge, Malakoff et Vanves, plus les secteurs directement adjacents des communes voisines, à savoir Clamart, Châtillon et Bagneux.

Cette portion de la petite ceinture parisienne compte plus de 100 000 habitants. Et c'est au milieu de cette foule qu'il fallait chercher un individu d'1,78 mètre dont la dernière photo avait dix ans d'âge.

Là encore, Lediacre a décidé de se fier aux dires d'Oosterend. Raphaël Lepuiset s'était déguisé en sans-papiers. Si l'on tenait compte de sa peau claire et de ses cheveux bruns, on pouvait exclure l'Afrique subsaharienne et les pays de l'Est. Il fallait donc cibler un Maghrébin, un Turc, un Kurde, un ressortissant du Proche-Orient.

— Cependant, avait précisé Lediacre, n'oublions pas qu'il rencontre une difficulté supplémentaire. Il doit éviter ses prétendus compatriotes, de peur d'être vite démasqué, du fait de son ignorance de la langue, mais aussi de ces détails infimes qui font que vous ou moi nous sommes capables d'identifier un Français nu comme un ver sur une plage de la République dominicaine.

En résumé, il fallait chercher un Maghrébin ou un Kurde planqué quelque part où il ne risquait pas de tomber sur des Maghrébins ou sur des Kurdes…

Avec Jean-Louis, nous avons commencé par les squats, les hôtels borgnes, les marchands de sommeil.

Puis les chambres de bonne.

Puis les HLM.

Puis les immeubles vétustes, propices à la sous-location.

Puis n'importe où.

Au bout de quelques semaines, je connaissais par cœur

Montrouge, Malakoff et Vanves. Et ces trois communes fort estimables commençaient à me sortir par les yeux. Elles possèdent toutes les trois une avenue de la République, et partagent les mêmes noms : Jean Jaurès, Louis Pasteur, Pierre Curie, Victor Hugo. On navigue entre la Libération et la Victoire. Le degré zéro de l'originalité. Il y a même une rue de Malakoff à Châtillon et une impasse de Châtillon à Malakoff, c'est tout dire.

J'ai patrouillé dans le secteur pendant tout le mois de décembre : j'ai bien dû interroger cent gardiens d'immeubles. Jean-Louis y passait lui aussi ses après-midi. Et bientôt Lediacre a déserté son bureau, abandonnant toutes ses affaires en cours pour nous prêter main-forte.

Nous avons recommencé après les fêtes de fin d'année. C'est peut-être le truc qui m'énerve le plus dans les films policiers : les détectives de cinéma travaillent jour et nuit, courent dans tous les sens, obtiennent presque instantanément les infos dont ils ont besoin, et en une semaine au maximum tout est réglé. Alors que, dans la réalité, nous allons à la pêche inlassablement pendant des mois, parfois pendant des années.

Bien entendu, le cerveau de Lediacre chauffait dur tandis qu'il arpentait les trottoirs des Hauts-de-Seine. Par exemple, il a pensé que Lepuiset avait très bien pu être interpellé lors d'un contrôle de routine. Il a donc demandé à ses contacts de lui expédier les dossiers des sans-papiers correspondant à peu près à son signalement, et concernant un type qui aurait refusé de décliner non seulement son identité, mais aussi sa nationalité. Les juges, en effet, remettent en liberté les gens qu'on ne sait pas vers quel pays expulser.

Comme cela ne menait nulle part, il a exploré la piste des demandeurs d'asile politique.

Puis celle des mariages blancs.

Puis celle des sans-papiers hospitalisés.

De son côté, Jean-Louis a épluché les mains courantes des commissariats, cuisiné les fonctionnaires municipaux et, comme toujours, mis sur le coup ses vieux amis des RG. Sans le moindre résultat.

Moi, à partir du début janvier, j'ai tenté d'exploiter les ultimes renseignements que nous avait vendus Wim Oosterend : les prénoms des deux pointeurs qui hébergeaient Raphaël en 1999-2000. En partant du principe qu'ils étaient un peu plus vieux que lui, je me suis mise en chasse des trentenaires et des quadragénaires prénommés Paul et domiciliés à Montrouge, ainsi que des Jimmy domiciliés à Vanves ou à Malakoff. Ça n'a l'air de rien, mais des Paul, il y en a des wagons, et en plus il leur arrive souvent d'avoir la mauvaise idée de déménager à Toulouse, à Fontainebleau, ou simplement à Issy-les-Moulineaux...

Comme si nous n'avions pas déjà assez de soucis, une rumeur terrifiante est parvenue jusqu'à nous : le bruit courait dans les couloirs du 36 que Thirion avait enfin logé la Flûte Enchantée.

Quand j'en ai parlé à Lediacre, il était déjà au courant. Il m'a répondu sur le ton méditatif du vieux moine bouddhiste :

— L'essentiel, c'est que quelqu'un lui mette la main dessus. Peu importe à qui appartient cette main.

Bien entendu, je n'en ai pas cru un mot. D'ailleurs, je suis certaine d'avoir surpris une lueur joyeuse dans son regard quand un OPJ du XVIIIe arrondissement lui a appris en ma présence que le suspect logé par Thirion était un professeur d'informatique italien doublé d'un parfait honnête homme.

Nous avons eu vent d'une autre rumeur fin janvier : la juge Aline Torricelli s'apprêtait à partir pour les Pays-Bas. Pas très loin de chez Wim Oostorend : à la Cour Pénale Internationale de La Haye. Le bruit s'est vite transformé en certitude : elle allait y être détachée pour un an. Au ministère de la Justice, certaines voix avaient eu beau s'élever contre son « manque de préparation », pour ne pas dire son incompétence en la matière, le bonheur de se débarrasser d'elle pendant un an avait emporté la décision.

Concrètement, cela signifiait que ses affaires en cours allaient être réparties entre ses collègues. C'est ainsi que le dossier Lepuiset devait échoir à un juge d'instruction beaucoup plus effacé que Torricelli, mais qui avait une réputation tout à fait honorable.

La nouvelle a arraché un nouveau sourire à Lediacre, et nous a donné encore plus de cœur à l'ouvrage.

Quelques jours plus tard, Lediacre a appris par un collègue en relation avec le Quai d'Orsay qu'un resortissant français nommé Jacques Deligeard était mort à Manille en 2004. Les circonstances du décès étaient assez ténébreuses : une rixe dans un quartier chaud de la capitale des Philippines. Jacques Deligeard était né en 1969 à Paris XIIIe. Peut-être n'aimait-il pas son prénom ? Peut-être l'avait-on surnommé ainsi dans son enfance ? Toujours est-il qu'il était connu aux Philippines sous le sobriquet de Jimmy.

Quand on vous balance ce genre de tuyau, je peux vous assurer que votre cœur frôle la tachycardie. Pendant deux jours, nous avons donné un nombre incalculable de coups de téléphone. Mais c'était loin d'être du tout cuit.

Le père de Jimmy s'était fait la malle juste avant sa naissance et ne l'avait donc même pas déclaré à la mairie. Sa mère, Mlle Deligeard, s'était mariée en 1990 avec un

Belge installé aux Baléares. Pas traces de frères, ni de sœurs, ni de cousins, ni d'oncles, ni de tantes. Quant à Jacques Deligeard, rien n'indiquait qu'il ait vécu à quelque période que ce soit dans les riantes communes de Vanves ou Malakoff.

Le fameux Jimmy, en somme, était à peu près aussi spectral que le non moins illustre Paul de Montrouge.

À force d'insister, Pommérieux a tout de même retrouvé la piste de ses grands-parents maternels à l'autre bout de la région parisienne : près de Meaux, en Seine-et-Marne. Mais quand il est allé les voir, il s'est entendu répondre par le vieux couple qu'ils étaient en froid avec leur fille depuis vingt ans et n'avaient jamais eu de nouvelles de leur petit-fils. Lorsque Jean-Louis leur a appris la mort de Jacques Deligeard, ça ne les a donc pas franchement bouleversés.

Une semaine plus tard, alors que j'étais en planque devant un squat de Bagneux, mon portable a sonné. C'était Lediacre. Il avait eu une idée qui ne m'aurait jamais traversé l'esprit : pourquoi Jimmy n'aurait-il pas été baptisé ? J'ignore comment il s'était débrouillé, mais il avait consulté un certain nombre de registres paroissiaux. Sans rien trouver. N'importe quel flic en serait resté là.

Lediacre, lui, n'avait pas abandonné :

— Voyez-vous, Hélène, on définit souvent le communisme comme un dérivé pervers du christianisme. Je ne pense pas qu'il soit nécessaire de vous énumérer les points communs entre ces deux croyances.

Il aimait bien tenir ce genre de cours magistral dans le téléphone portable de ses subordonnés. Je me suis donc bien gardée de lui répondre.

— Rien d'étonnant, par conséquent, à ce que la pratique du baptême civil ait eu un certain succès dans les rangs communistes. C'est une bonne chose, pour un enfant, d'avoir un parrain ou une marraine qui, sans se substituer à ses parents, lui permet de s'appuyer sur un autre adulte référent. Vous ne trouvez pas ?

— Si, patron, mais là je suis en planque dans ma voiture...

— Ce baptême civil n'a aucune valeur légale. Mais il se trouve que j'ai pu avoir accès à une vieille liste oubliée dans des locaux municipaux.

Là, j'ai commencé à tendre l'oreille.

— Malakoff est toujours une mairie communiste.

— Eh oui, Hélène. Le petit Jacques Deligeard, alias Jimmy, avait une marraine nommée Martine Beaugé, demeurant 10 bis, rue Maurice-Arnoux, à Malakoff.

J'ai aussitôt quitté Bagneux, traversé Montrouge comme une dingue et gagné l'adresse qu'il m'avait donnée. C'était une rue étroite en sens interdit, bordée de part et d'autre par de petites maisons en meulière avec des jardins microscopiques. Après m'être garée au bout, je suis revenue à pied pour jeter un coup d'œil sur la boîte aux lettres du 10 bis. Une vieille plaque en cuivre indiquait BEAUGÉ. Elle, au moins, elle n'avait pas déménagé.

Je ne sais pas ce qui m'a pris – l'intuition féminine, sans doute, bien que je ne croie guère à ces niaiseries. Au lieu de sonner à la barrière, j'ai continué tout droit et j'ai fait le tour du pâté de maisons pour rejoindre ma voiture. Puis j'ai rappelé Lediacre.

— Elle habite toujours là, patron. Il y a de la lumière à une fenêtre du premier étage. Plutôt que d'aller la voir, je me demande si je n'aurais pas intérêt à planquer pendant quelques heures. On ne sait jamais.

— Comme vous voudrez, Hélène.

C'était le milieu de l'après-midi, mais le ciel de janvier était tellement bas qu'on se serait cru à la tombée de la nuit. Pas étonnant que Martine Beaugé ait allumé une lampe. À moitié couchée derrière mon volant, de façon à être le moins repérable possible, je gardais les yeux fixés sur le trottoir de gauche, à la hauteur du numéro 10 bis.

J'ai bien sûr pensé à une autre maison, en brique celle-là, située sur le polder du Flevoland, et à une autre femme âgée vivant avec un taré de trente ans. Le scénario allait-il se répéter ? Ç'aurait été trop beau.

Pourtant, peu avant 17 heures, la barrière s'est ouverte, et un homme jeune est apparu sur le trottoir. En voyant qu'il se dirigeait droit vers moi, je me suis laissée glisser sous le volant, les fesses carrément sur le plancher.

Je ne l'ai pas vu passer : il ne pouvait donc pas m'avoir repérée. J'ai juste entendu ses pas résonner sur le ciment. Après avoir compté jusqu'à trente, je me suis extraite de ma voiture, j'ai attrapé au vol mon petit sac à dos, refermé doucement la portière, et je me suis lancée à sa poursuite.

Il existe quantité de variantes dans les techniques de filature, à commencer par la distance. Dans le cas présent, le perdre n'avait aucune importance, alors qu'il aurait été gravissime de lui donner l'éveil. Je lui ai donc laissé au moins 100 mètres d'avance.

À une pareille distance, et de dos, je distinguais un type de taille moyenne, élancé, avec un parka sombre et le crâne rasé. À un moment, en traversant la chaussée, il s'est présenté de trois quarts, et j'ai eu l'impression qu'il portait la barbe. Il y avait un détail qui me plaisait beaucoup : il se tenait très droit, pour ne pas dire raide, et sa démarche était un peu saccadée.

Il a suivi la rue Ernest-Renan jusqu'au périphérique, qu'il a traversé d'un bon pas. Il se dirigeait vers la porte de Vanves. Allait-il prendre l'autobus. Le métro ? Le tramway ? J'étais prête à lui filer le train jusqu'en enfer.

Tout à coup, j'ai compris son intention : la station de

Vélib'. Je me suis cachée derrière une camionnette en stationnement et j'ai sorti une paire de jumelles de mon sac à dos.

Le type était en train de détacher un vélo. Pour le dégager de son socle, il a dû se tourner vers moi.

Trente ans. Crâne rasé. Moustache et barbiche brunes, mais les joues glabres. Parka bleu marine. Pantalon de toile marron. Chaussures de sport. Des milliers de Karim ou de Jamel avaient ce look.

C'était peut-être un beur. Mais je ne sais pas pourquoi, j'aurais parié qu'il était français de souche.

Il a enfourché son Vélib' et s'est engagé plein nord, dans la rue Vercingétorix.

J'en avais le souffle coupé. Comme si quelqu'un m'avait enfoncé son poing sous le sternum. J'ai saisi mon portable et hurlé d'une voix hystérique :

— Patron ! Patron !

— Auriez-vous du nouveau ? a-t-il demandé d'une voix tellement calme qu'elle en était amorphe.

— C'est lui ! Je vous jure que c'est lui.

— Est-il indispensable que vous sortiez de vos gonds ?

Je me suis maîtrisée à grand-peine, et je lui ai tout raconté en détail.

— Quand il est monté sur le vélo, patron, il s'est mis en danseuse pour démarrer. Et il s'est déhanché comme un malade. C'étaient exactement les mêmes mouvements du bassin que dans ses films pornos.

— Vous nous avez déjà fait le coup, Hélène. Veillez à conserver votre lucidité, s'il vous plaît. Je vous attends au bureau.

Je suis allée rechercher ma voiture presque en courant, tellement j'étais à cran. Lediacre avait raison : il fallait garder la tête froide. Et ce n'était pas parce que j'avais identifié un tueur à sa gestuelle au cours d'une enquête précédente que je devais sombrer dans la mégalomanie. Des millions d'hommes de trente ans ont une démarche saccadée et remuent leur bassin en pédalant. Surtout qu'un Vélib', ça pèse son poids.

Moins d'une demi-heure plus tard, j'arrivais rue du Docteur-Verdier. Jean-Louis aussi m'attendait. Ils m'ont fait répéter trois fois mon histoire, depuis la boîte aux lettres de Martine Beaugé jusqu'à la barbiche de son hôte.

Il ne fallait pas s'emballer. Cela pouvait être son fils, son neveu, son locataire, son plombier, son kiné, son prof d'aquarelle, de yoga ou de scoubidou.

Mais on pouvait aussi imaginer que, quelques années plus tôt, Martine Beaugé ait hébergé son filleul, Jacques Deligeard. D'où le fameux Jimmy dont nous avait parlé Wim Oosterend. Le skin nous avait également dit qu'en 1999-2000, Raphaël Lepuiset habitait la moitié du temps chez Paul à Montrouge, l'autre moitié chez Jimmy, à Vanves ou à Malakoff.

Donc, chez Martine Beaugé.

Quand Lepuiset était rentré en France, en 2005 ou 2006, pourquoi ne serait-il pas retourné s'installer chez elle ? Elle appréciait peut-être la compagnie d'un homme pour tromper son ennui ou se sentir en sécurité. Et puis ils avaient tous les deux perdu un être cher : ce bon vieux Jimmy, dessoudé à Manille en 2004.

— Plus j'y pense, plus cette hypothèse me séduit, a dit Lediacre. Il y a là-dedans une logique qui satisfait autant le cœur que la raison pure.

— Alors qu'est-ce qu'on fait ?

— Je suis comme vous, Hélène, j'ai envie d'aller vite. Nous allons donc aller très lentement.

Il s'est tourné vers Pommérieux.

— Comment voyez-vous l'affaire, Jean-Louis ?

— Ça dépend. Vous voulez qu'on le serre à nous trois, sans prévenir personne.

— Vous avez envie de partager ?

Pommérieux a eu un sourire carnassier.

— Et vous, Hélène ?

— Non, patron. On devrait s'en sortir.

— Parfait, a conclu Lediacre. Je suis ravi de constater que vous êtes aussi égoïstes que moi. Nous allons procéder en deux temps. Une étape photo, d'abord. Et si le résultat est concluant, une étape matraque.

Il n'était plus question de mettre les pieds rue Maurice-Arnoux. Celle-ci était si étroite et si peu fréquentée qu'il fallait même s'abstenir de passer en voiture. Ça vous développe drôlement l'ouïe, la vue et le sixième sens, d'avoir toutes les polices du monde à vos trousses.

Dès le lendemain matin, nous avons installé un utilitaire Fiat rue Ernest-Renan, à environ 200 mètres du périphérique, pas loin d'un superbe bistrot littéralement recouvert d'enseignes et de panneaux publicitaires d'autrefois. Puis un second petit soum, un Peugeot Partner, juste en face de la station Vélib' de la porte de Vanves. Je me suis installée dans le Fiat, et Jean-Louis dans le Peugeot.

La Flûte Enchantée devait être de repos ce jour-là. À 21 heures, nous avons abandonné.

Le lendemain était un jeudi. J'ai attaqué à 7 heures du matin, car nous n'avions aucune idée des horaires de notre suspect. Nous ignorions même s'il travaillait. Lediacre est venu me relayer à midi, pour que j'aille casser la croûte et me changer un peu les idées, et à 14 heures il a fait de même avec Jean-Louis.

C'est difficile de rester aux aguets aussi longtemps, mais

j'avais tellement envie que ce soit lui qu'à aucun moment mon attention ne s'est vraiment relâchée.

15 heures. 16 heures. J'avais froid. Les pieds glacés. Mal au dos. Je rêvais d'un chocolat chaud. 17 heures. Je...

Un type venant de la rue Victor-Hugo se rapprochait sur le trottoir de droite de la rue Ernest-Renan. Un barbichu au crâne rasé. Mon caméscope était en batterie sur son trépied, et il m'a suffi d'une pression du doigt pour commencer à filmer. Je n'avais pratiquement pas à bouger : je me suis contentée de dézoomer.

J'ai attendu qu'il soit hors de portée pour appeler un numéro préenregistré.

— Jean-Louis ? Le voilà.

Conformément aux instructions, j'ai laissé le petit soum sur place et je me suis dirigée à pied vers la porte de Vanves avec le caméscope dans mon sac à dos.

Porte de Vanves, je suis montée dans le Peugeot Partner. Pommérieux était encore à l'arrière, en train de ranger son appareil numérique. Nous étions tellement tendus que nous avons préféré garder le silence. À quoi bon bavasser quand on n'a encore rien de solide ?

Il s'est glissé derrière le volant, et nous sommes rentrés rue du Docteur-Verdier.

Les photos de Jean-Louis étaient excellentes, mon petit film n'était pas mal non plus. Une fois agrandis sur l'écran de l'ordinateur de Lediacre, les portraits du barbichu nous fournissaient un point de comparaison d'excellente qualité. Malheureusement, la vieille photo d'identité de Raphaël Lepuiset était beaucoup plus médiocre, et les films du violeur masqué pratiquement inutilisables : rien ne ressemble davantage à deux yeux clairs que deux autres yeux clairs.

Lediacre, qui s'amusait souvent à bricoler sur son ordinateur, a sélectionné le meilleur cliché de Jean-Louis, a retiré les moustaches et le bouc, puis rajouté des cheveux bruns mi-longs et en particulier une frange brune. Puis il a scanné et agrandi la photo d'identité.

En tenant compte des dix ans d'écart, quel pourcentage de chances y avait-il pour qu'il s'agisse du même individu ?

J'ai dit 90 %. Jean-Louis Pommérieux tablait sur 80 %.

— Vous êtes plus optimistes que moi, a soupiré Lediacre. Néanmoins, je crois que nous allons entrer en contact avec ce garçon.

Le lendemain, je suis remontée dans mon petit soum à Malakoff. Et l'attente a commencé.

Vous ne devinerez jamais à quelle heure notre client s'est pointé : à 17 heures pile. Même les fugitifs sont des êtres d'habitude.

Cette fois-ci, j'ai sorti mon portable avant qu'il arrive à ma hauteur.

— Je l'ai, patron.

— Très bien.

J'ai compté 30 secondes après son passage avant de sortir de la camionnette et de me diriger vers Paris. Aussitôt, j'ai commencé à réduire l'écart. Je l'avais pratiquement rattrapé au moment où il s'apprêtait à s'engager sur le pont qui surplombe le périphérique.

J'ai sorti un brassard de police de la poche de mon blouson pour l'enfiler sur ma manche gauche. Et puis tout s'est enchaîné.

Au bord du trottoir, le commandant Jean-Louis Pommérieux, vêtu d'un bleu de travail, était en train de charger un gros sac dans un véhicule utilitaire. Un Peugeot Partner gris.

À l'autre extrémité du pont, le commissaire Lediacre marchait droit vers nous. Un œil exercé aurait remarqué qu'il portait lui aussi un brassard de police sur son pardessus gris.

Le barbichu a dépassé Jean-Louis, qui ne lui avait pas fait la grâce d'un regard.

Lediacre n'était plus qu'à 15 mètres. Il s'est campé au milieu du trottoir et a dit d'une voix forte, mais presque amusée.

— La Flûte Enchantée ?

Le type a stoppé net, sorti les mains des poches de son parka, reculé de deux pas. Puis il a amorcé un demi-tour.

À cet instant précis, Jean-Louis a saisi son poignet pour lui passer les pinces. Le type s'est débattu en balançant des coups de pied. Alors la matraque de Jean-Louis s'est abattue sur son crâne. Il est tombé à genoux.

J'ai jeté un regard autour de nous. Deux personnes nous avaient vus sur le trottoir d'en face. Une troisième s'était figée au bout du pont.

Jean-Louis a tiré le barbu par les mains, Lediacre l'a attrapé par les jambes, et j'ai ouvert le hayon pour qu'ils puissent le hisser à bord. Ils sont montés avec lui pendant que je m'installais au volant.

À l'arrière du véhicule, mes deux compagnons, accroupis au-dessus de leur victime, lui avaient déjà remonté le parka sur la tête, et ils étaient en train de faire de même avec les vêtements qu'il portait en dessous. Finalement son dos nu est apparu. Lediacre a allumé une torche électrique pour examiner la peau.

— Je ne sais pas ce que vous en pensez, Jean-Louis. En ce qui me concerne, je distingue aisément un premier grain de beauté sous l'omoplate droite. Et là, vous voyez, un second grain de beauté au niveau des lombaires.

Nous avons échangé tous les trois un sourire de gamins. C'est exactement ça : trois gamins émerveillés ! Même

Lediacre, qui est le type le moins enfantin du monde, a eu douze ans pendant quelques secondes.

Ensuite j'ai fondu en larmes, selon une vieille habitude dont je n'ai jamais réussi à me débarrasser. Chez moi, l'émotion est liquide.

À un moment pareil, ça ne m'aurait produit aucun effet d'apprendre que je venais de gagner au loto, ou bien que George Clooney rêvait de m'inviter à dîner, mais qu'il était trop timide pour oser me le demander. Cela ne dure jamais très longtemps, mais dans ces cas-là vous n'échangeriez pas votre place de fonctionnaire de police contre un royaume.

22

Cinq minutes plus tard, nous étions rue du Docteur-Verdier. Dans l'atelier, les mécanos nous ont regardés passer d'un drôle d'air, parce qu'il nous arrivait rarement de ramener un client à moitié chancelant et les mains menottées derrière le dos.

Au premier étage, nous l'avons poussé dans mon bureau, avant de l'attacher au gros tuyau qui alimente mon radiateur en fonte – exactement comme nous l'avions fait avec Alain Charvet six mois auparavant.

Raphaël Lepuiset avait à peu près recouvré ses esprits. Il a prononcé d'une voix balbutiante quelque chose à propos des « brutalités policières ».

— Ta gueule, la Flûte ! a répondu Jean-Louis.

Effondré sur sa chaise, le poignet droit enchaîné, Lepuiset nous a lancé un regard de défi.

— Je ne parlerai qu'en présence de mon avocat.

Alors Lediacre s'est avancé d'un pas et lui a dit avec la plus exquise politesse :

— Voyez-vous, monsieur Lepuiset, vos déclarations nous intéressent si peu que je vous prierais de bien vouloir garder le silence.

Il a fait signe à Jean-Louis de le surveiller de près, et s'est dirigé vers son bureau.

— Venez avec moi, Hélène.

Il a composé le numéro de téléphone personnel du directeur central de la PJ et branché le haut-parleur pour que je puisse suivre la conversation.

— Ici Lediacre, je ne te dérange pas ?

— Si, mais vas-y.

— Voilà, j'ai un certain Lepuiset Raphaël dans mes locaux.

— Inconnu au bataillon.

— Sous son nom, peut-être. Je pense que son surnom t'est plus familier.

— Je ne vois pas. Accouche.

— Les internautes l'appellent la Flûte Enchantée.

J'ai entendu les poumons du chef se vider à l'autre bout du fil. Il y a eu quelques instants de silence avant qu'il retrouve la parole.

— Il est dans quel état ?

— Vivant, je te rassure. Son état de santé me paraît même satisfaisant. Il est simplement… comment dire ?… privé de liberté.

— Putain ! Ne bouge pas ! J'arrive !

Lediacre a reposé le téléphone :

— J'ai cru dénoter une certaine satisfaction dans ses hurlements. Pas vous, Hélène ?

Dix minutes plus tard, les pin-pon ont retenti dans la paisible rue du Docteur-Verdier. J'ai vu par la fenêtre qu'ils n'avaient pas mégoté sur les effectifs. Il y avait trois voitures banalisées avec des gyrophares et un car de police-secours. Tandis que des gardiens de la paix barraient la chaussée, plusieurs types en costume se sont précipités sous le porche du numéro 15. J'ai reconnu le directeur de la PJ, son bras droit, le contrôleur général Langlois, et un vieux commissaire de la place Beauvau.

Ils ont déboulé dans notre couloir. Lediacre leur a serré la main et leur a indiqué la porte de mon bureau.

— Vous connaissez le commandant Pommérieux?

Les trois gros pontes n'en avaient rien à faire du commandant Pommérieux. Leurs regards se sont braqués sur le barbichu au crâne rasé, dont le poignet droit était attaché par une chaîne au tuyau du radiateur.

Le directeur s'est tourné vers le contrôleur général Langlois, qui était bâti comme un pilier de rugby.

— Vas-y, regarde.

Langlois a appuyé d'une main sur la nuque de Lepuiset pour l'obliger à se courber vers l'avant, et de l'autre il lui a sorti ses vêtements du pantalon et les a rabattus vers le haut. Nous n'étions pas les seuls à apprécier les grains de beauté.

Langlois a relâché sa prise, regardé son patron, et, lentement, très lentement, il a hoché la tête. Un sourire de bébé illuminait son visage de brute.

Le vieux commissaire de la place Beauvau s'est mis à se balancer de violents coups de poing dans la paume de la main gauche. Quant au directeur de la PJ, on comprenait à sa mine qu'il était redevenu le jeune flic d'autrefois, celui qui avait arrêté en personne bon nombre de clients célèbres.

— Commandant, a-t-il ordonné à Pommérieux, vous voulez bien détacher cette flaque de vomi vivante.

Jean-Louis s'est approché avec la clef des pinces pendant que le directeur s'adressait à ses deux adjoints.

— Vous, vous le ramenez au 36.

Avant de pousser leur prisonnier vers la sortie, le contrôleur général Langlois n'a pas pu s'empêcher de lâcher :

— Thirion va nous en péter une durite!

Et le vieux commissaire de renchérir :
— Ça, il va en faire une jaunisse.

— À présent, voyons comment on peut se sortir du merdier dans lequel tu nous as fourrés.

Le directeur était resté avec nous, et nous avions pris place tous les quatre dans le bureau de Lediacre. Celui-ci faisait semblant d'être penaud, et le directeur affichait un faux air bourru.

— Tu as entendu parler des commissions rogatoires et de la collaboration entre services, j'imagine?

— Je sais, je sais... a murmuré Lediacre. Mais je me trouvais en face d'un dilemme. Il m'était impossible de prévenir Thirion, qui est venu me traiter ici même, devant témoins, de « rat », de « faux-derche » et de « magouilleur ». Alors, que voulais-tu que je fasse? Que je mette les gendarmes sur le coup?

— Qu'est-ce que tu as prévu comme explication?

— Une intervention de la Providence. C'est notre quartier, après tout. Le commandant Pommérieux, le capitaine Vermeulen et moi-même avons reconnu Raphaël Lepuiset près de la porte de Vanves, et nous l'avons interpellé.

— Tu déconnes? Sans photo récente. Personne ne te croira.

— Personne ne pourra prouver le contraire. Et puis mon nom n'a pas besoin d'apparaître. Pourquoi ne pas parler plutôt d'un succès collectif de la PJ?

— Et la bosse sur le crâne?

— Malgré toutes nos précautions, il arrive que les gens se cognent contre le haut de la portière quand nous les embarquons dans un véhicule de police.

— Il va falloir que je répète à tout le monde ce genre de conneries! a gémi le directeur. Dont le ministre... Et en essayant de paraître sincère!

Il s'est massé les tempes avant de demander :

— Qui a laissé ce salopard se cogner la tête en montant dans votre bagnole ?

Jean-Louis a toussoté.

— C'est moi, monsieur le directeur.

— C'était jouissif ?

— Plutôt, oui.

— Bordel, j'aurais bien aimé tenir la matraque à votre place !

Trois heures plus tard, nous nous sommes retrouvés au quai des Orfèvres autour d'une caisse de champagne. L'assistance était bigarrée : de hauts gradés et de simples OPJ, le contrôleur général Langlois, des collègues des stups et de la BRB, et même un préfet qui aimait s'encanailler avec les poulets. Il y a eu des toasts, des discours, des évocations du temps jadis. Et pas mal de blagues sur Thirion, qui à force de la jouer trop perso s'était attiré beaucoup d'inimitiés. Personne ne semblait chagriné de la gifle magistrale que nous venions de lui balancer en travers de la figure.

Tout le monde venait nous féliciter, Jean-Louis et moi. Les huiles se bousculaient pour serrer la main de la mythique Hélène Vermeulen. Bref, tout ce que j'avais à faire, c'était d'essayer de contrôler le sourire idiot qui me remontait malgré moi jusqu'aux oreilles.

Selon son habitude, Lediacre s'était fait aussi discret qu'une petite souris, et un observateur inattentif n'aurait pas su qu'il était dans la salle.

Pourtant, il a profité d'un moment où le brouhaha s'était un peu calmé pour se dégager du petit groupe qui le masquait. Et il a humblement réclamé le silence.

— Mesdames et messieurs, j'ai quelque chose d'important à vous dire. Vous connaissez tous le juge Aline Torricelli, ce fleuron de la magistrature française qui a longtemps dirigé l'enquête sur la Flûte Enchantée. Vous savez également qu'elle a été détachée pour un an à la Cour Pénale Internationale de La Haye. Elle est partie il y a à peine quinze jours, et ses dossiers ont été répartis entre les différents magistrats instructeurs. Quel dommage ! À quinze jours près, elle aurait vu ses efforts récompensés...

Plusieurs personnes ont commencé à rire, mais il les a rappelées à l'ordre d'un geste de la main.

— Or, le juge Torricelli a cherché par deux fois à me joindre sur mon portable. Sans doute pour me féliciter... La plus élémentaire courtoisie m'oblige à la rappeler.

Nouveaux gloussements. Nouveau rappel à l'ordre.

C'est dans un silence religieux qu'il a sorti son téléphone de la poche de son veston. Tout le monde a tendu l'oreille. Torricelli a commencé à hurler dès qu'elle a compris qui était son interlocuteur.

— Vous vous croyez malin ? Ça vous amuse de bafouer la dignité de la Justice ?

Entre les « Vous m'en répondrez personnellement », et les « Si vous vous figurez qu'on peut braver impunément l'Autorité judiciaire », Lediacre n'arrivait pas à en placer une.

Enfin, il a réussi à lui présenter des excuses tellement hypocrites qu'autour des moi, les spectateurs devaient se pincer ou se mordre les lèvres pour ne pas exploser.

— Vous n'avez pas compris que c'est fini, la police à l'ancienne ! Les coups de Bottin sur la tête ! Les passages à tabac !

— Madame le juge, je vous jure que ce n'est pas du tout dans mes habitudes.

— Nous sommes dans un État de droit, monsieur ! Il n'y a pas de place en France pour les justiciers, les Zorros, les milices ! Vous savez très bien, espèce de petit personnage, que je ne peux rien contre vous en ce moment. Mais la roue tourne. Vous me rendez folle de rage ! Vous représentez tout ce que j'exècre ! Tout ce que je hais ! Vous me révoltez ! Vous me révulsez.

Lediacre a pris son air de clown triste et lui a répondu d'une voix suave :

— Madame le juge, je vous en conjure, calmez-vous. Je comprends votre réaction. Toute cette tension... tous ces échecs... toutes ces désillusions... Bien entendu, il ne m'appartient pas de vous donner un conseil. Mais des amis m'en ont parlé, et m'en ont dit le plus grand bien. Enfin, en un mot, madame le juge, je pense humblement que vous devriez essayer la thalassothérapie.

Dans la salle, le fou rire a duré au moins cinq minutes. Et je suis sûre que, dans dix ans, aucun des témoins de la scène ne pourra entendre prononcer le mot « thalassothérapie » sans penser à la juge Aline Torricelli.

23

Comment conclure cette histoire ? Je pourrais d'abord réparer un oubli et noter que Jacques Petit était mort au début du mois de janvier dans un hôpital niçois. Sans avoir ajouté un mot à ses déclarations initiales, même quand on l'a bourré de calmants dans son unité de soins palliatifs.

Je pourrais aussi citer une phrase absolument merveilleuse, prononcée par un journaliste de la télé quelques heures après l'arrestation de Raphaël Lepuiset : « Le pédophile le plus recherché de la planète, connu sous le sobriquet de la Flûte Enchantée, vient d'être interpellé par le plus grand des hasards, dans le cadre d'un contrôle de routine mené près du périphérique parisien. » Pour moi, le plus grand des hasards n'est pas loin de valoir la thalassothérapie.

Je pourrais également dire que Lediacre a été un peu déprimé pendant les quelques jours qui ont suivi notre victoire. Cela lui arrivait souvent de décompresser à la fin d'une enquête, mais il était rare qu'il se livre à des confidences.

— Hélène, je me demande parfois si nous ne gaspillons pas notre temps avec des criminels qui ne nous méritent pas. Prenez cette misérable Flûte : elle n'était que ce que nous avions bien voulu en faire. Nous l'avions hissée au rang d'ennemi public numéro un, de monstre inhumain, de génie du Mal. Quand nous l'avons eue en face de nous, quelle désillusion ! Un raté total, vivant aux crochets d'une femme atteinte par la maladie d'Alzheimer, et se repassant sans cesse les images de sa noirceur splendide. À trente ans, il avait déjà son passé derrière lui.

Car la suite de l'enquête, menée par les hommes de Thirion, n'avait fait que confirmer les hypothèses de Lediacre.

Raphaël avait pris la place de Jimmy dans la maison de meulière de Martine Beaugé. Dans sa chambre du premier étage, il regardait en boucle les films pornos qu'il avait tournés en Thaïlande. Un garçon charmant, aux dires des voisins, très attentionné auprès de la vieille dame, lui faisant ses courses, l'accompagnant chez le médecin. La gentillesse incarnée.

— Vous vous rendez compte, nous pourchassons des scouts qui ont mal tourné ! Non, Hélène, je vous assure, nous aurions mieux fait d'exercer un métier plus utile et plus noble. Nous devrions être des scientifiques, des chercheurs, des chirurgiens, comme Babette, qui elle, au moins, laisse ses clients en meilleur état qu'elle ne les a trouvés. Ou des inspecteurs des impôts, comme ce cher M. Zerbib, qui contraint les fraudeurs à remplir les caisses de l'État.

C'était l'ennui avec Lediacre : il ne parlait jamais sérieusement pendant plus d'une minute à la fois.

Je vais donc finir cette histoire-là où elle a vraiment commencé : derrière le Bon Marché, dans le bureau austère du père Autexier. N'était-ce pas à cet endroit précis, entre le crucifix et le portrait de Jean-Paul II, que le vieux prêtre nous avait parlé de cet hôtel de Phuket où la piste de la Flûte Enchantée avait croisé celle de Pierre-Guillaume Heuzé ?

Lediacre était venu le remercier du précieux renseignement qu'il lui avait fourni, et le père Autexier, de manière plus détournée, l'a à son tour félicité pour avoir débarrassé le monde de l'humanitaire de cette verrue nommée PGH.

Comme lors de notre première visite, il m'a pratiquement ignorée : je n'étais décidément pas de son niveau (de toute façon, s'il y a des gardiens dans son style à l'entrée du paradis, je crois que le purgatoire me suffira).

En revanche, on sentait qu'Autexier appréciait Lediacre, et que c'était réciproque. J'ai donc eu droit à un véritable concours d'hypocrisie.

— Il faut ôter les pommes pourries, commissaire, sinon c'est tout le panier qui risque de se gâter.

— C'est certain, mon père. Néanmoins, il est pénible de voir le mal que la calomnie peut causer à un homme. Ce malheureux Heuzé ! Les pays d'Asie auxquels il a consacré sa vie lui ont fermé leurs frontières. Et voilà que les États-Unis refusent de lui renouveler son visa.

— Je sais, je sais... On m'a même confié, sous le sceau du secret, qu'il parle de plus en plus souvent de se détruire.

Je n'avais pas entendu cette expression depuis des années. Je ne sais pas si elle est propre au nord de la France mais, dans ma famille paternelle, on disait toujours de quelqu'un qu'il s'était détruit, et non pas suicidé.

— Heureusement, commissaire, je pense qu'il ne commettra pas cet épouvantable péché. D'autres personnes bien informées m'ont dit qu'il avait eu la précaution d'investir dans des endroits très accueillants pour les gens aisés, comme l'île de Saint-Barthélemy. Des comptes anonymes, comme de bien entendu. Je crois que je pourrais vous obtenir des précisions, si jamais cela vous intéressait.

— Avec grand plaisir, mon père. Ce qui est impossible aujourd'hui ne le sera peut-être pas demain...

Ils ont continué sur ce ton pendant un bon moment, visiblement ravis de leur duo de faux-jetons.

En sortant rue du Bac, Lediacre m'a dit avec un petit sourire :

— Le père Autexier est un dur à cuire. Quand on discute avec des hommes de cette trempe, on comprend mieux comment l'Église a pu rester debout depuis deux mille ans.

De mon côté, j'ai eu une pensée pour PGH. Plus de télés, plus de journaux, plus d'interviews exclusives, plus de lueurs admiratives dans le regard des braves gens. Il en était réduit à errer dans les paradis fiscaux avec les banquiers véreux et la mafia russe.

J'aurais tout de même bien aimé avoir la réponse à une question : est-ce qu'il portait encore des chemises rouges ?

Cet ouvrage a été imprimé en France par

CPI
Bussière

à Saint-Amand-Montrond (Cher)
en décembre 2008

FLEUVE NOIR
12, avenue d'Italie
75627 Paris Cedex 13

— N° d'imp. : 083762/1. —
Dépôt légal : janvier 2009.